たくまし令嬢はへこたれない！ 4

～妹に聖女の座を奪われたけど、
騎士団でメイドとして働いています～

華宮ルキ

illustration★春が野かおる

TOブックス

Contents

イラスト：春が野かおる　デザイン：CoCo.Design　小菅ひとみ

Characters

セイディ

王国騎士団のメイド。本作の主人公。
婚約破棄され実家を追い出されたため、
住み込みで高給のメイド業は天職。

ミリウス

王国騎士団の団長で、王弟。
ドラゴンを一人で倒すほどの
実力の持ち主。

アシェル

王国騎士団の副団長で、
伯爵家の令息。
実務を一手に担う。

リオ

王国騎士団の団長補佐。
セイディの友人。

ジャック

王国魔法騎士団団長。
女性が苦手。

フレディ

唯一の宮廷魔法使いで、
子爵家の令息。

ジャレッド

ヤーノルド神殿の
神官長の息子で、
セイディの元婚約者。

騒動の始まり

ここ、リア王国一のお祭りである『光の収穫祭』が終わって、しばしの日が経ち。

季節は秋が終わり冬を迎えた。

（もう少ししたら、雪も降りだすかもしれない）

そんなことを考えながら、王立騎士団の寄宿舎でメイドとして働くセイディは、今日も仕事に明け暮れていた。

セイディ・オフラハティ。それが、セイディの元の名前。婚約者に婚約を破棄されたことをきっかけに、実家から勘当された。その後、騎士団の寄宿舎でメイドとして雇ってもらっている。

そして、今年の『光の収穫祭』の代表聖女を務めた、今王国で最も有名な女性……といっても過言ではない存在である。

本人は、それに関してはかなり不本意だったりするのだが。

（今日も、異常なし）

寄宿舎の掃除を行いながら、セイディは心の中でそう呟く。

外は寒いものの、幸いにも寄宿舎の中は魔法で適温に保たれており、寒くはない。まぁ、少しひやっとしているのは訓練で身体が温まっている騎士たちに合わせてだろう。

そこら辺に関しては、セイディが口を出すことではないとわかっているので黙っている。

「ふぅ、とりあえず、ここはこんなものかな」

一階の廊下を掃除し終え、セイディはそう呟く。

時計を見れば時刻は午後三時。

（そろそろ一度休憩した方がいいかもしれない）

そう思いセイディが掃除の後片づけをしていると、不意に遠くから「セイディ！」と自身を呼ぶ声が聞こえてきた。

その声は男性にしては少し高めの声で、セイディもよく知っている人物の声だ。

そちら——窓の外に視線を向け、「フレディ様？」と問いかければ、その声の主であるフレディ・キャロルはにっこりと笑ってセイディの方に近づいてきた。

彼はこの王国唯一の宮廷魔法使いである。さらりとしたきれいな銀色の髪をもっており、大層美しい男性。それこそ、女性といっても通用しそうなほどに。

そんな彼は小脇にファイルのようなものを抱えており、何処《どこ》かに行った帰りなのかもしれない。

いや、もしくは今から何処かに行くのだろうか。

「どうなさいました？」

窓越しに彼にそう問いかければ、彼はさらに窓に近づいてくる。そして「ちょっと、頼まれてくれるかな？」と問いかけを返された。

「と、言いますと？」

「実は僕、この後仕事があるんだ。けれど、届け物もしなくちゃダメでさ……。これ、王弟殿下にお願いできるかなぁって」

そう言ったフレディは、小脇に抱えたファイルをセイディに差し出してくる。

ファイルにはタイトルなのか『ヴェリテ公国への遠征について』と書いてあった。……誰が、行くのだろうか。

（そういえば、確かヴェリテ公国で大きな会議か何かが開かれるのよね……。やっぱり、ミリウス様が行かれるのかしら？）

心の中でセイディがそう思ってファイルをぼうっと見つめていると、不意に彼が「気になる？」と続けて問いかけてくる。

どうやら、彼はセイディがじっとタイトルを見ていたため、怪訝《けげん》に思ったらしい。

実際、気にならないと言えば嘘になる。しかし、尋ねたところで何にもならないこともよく分かる。

だからこそ、セイディは「お忙しいのですよね」とフレディに言葉を返した。

「届け物に関しては、承知いたしました。ミリウス様に届けてきます。あと、気にはなりますがフレディ様がお忙しそうなので、遠慮しておきますね」

「まぁ、そうだね。じゃあ、今度ゆっくりとお話しでもしようか」

にっこりと笑ってそう告げてくるフレディに対し、セイディは頷く。

正直、ヴェリテ公国に関しては少しだけ興味があるのだ。以前出逢ったクリストバル・ルカ・ヴェリテという男性のことを、もっと知りたいと思ってしまう。まぁ、これは単なる興味であり恋愛感情ではないのだが。

「では、行ってきますね」

それだけの言葉を返し、セイディはフレディに対して背を向けて歩き出す。幸いにも片づけは終わっているし、掃除も終わっている。

（だったら、今すぐにでも届けた方が良いだろうし）

そんな考えだった。

「うん、お願い」

ニコニコと笑いながら、フレディはそう言う。

彼に見送られながら、セイディは騎士団の寄宿舎を出て行く。そして、王宮の方へと足を進めた。

寄宿舎を出れば、その冷たい空気に一気に身が震える。しかし、まだまだ冬は始まったばかり。

これくらいでへばっていれば、この後の冬本番を耐えることなど出来やしない。

そんなことを考えながら、セイディは王宮の方に近づいていく。

すっかり顔見知りとなった王宮の警備の人間に会釈をし、セイディは王宮の中に入っていった。

向かう先は騎士団の本部。そこに目的であるミリウスがいるかはわからないが、いなければ副団長のアシェル、もしくは本部の騎士であるリオに手渡して帰ればいいだろう。

それほどまでに、騎士団長ミリウス・リアを捕まえるのは大変なのだ。

ちなみに、見つからない日は一日中捜しまわっても見つからないレベルだったりする。

王宮の使用人たちとあいさつを交わしながら、騎士団の本部を目指す。

『光の収穫祭』で代表聖女を務めたおかげなのか、最近では王宮の使用人たちからの覚えがとてもいい。直接かかわることはあまりないのだが、あいさつをする程度の仲の人物がそこそこ出来たものだ。

あまり同年代の友人がいないセイディからすれば、それは大きな進歩である。

そんなこんなを考えながら、騎士団の本部にたどり着き扉を三回ノックする。

すると、中から「誰だ?」という声が返ってきた。その声は騎士団の副団長であるアシェルのもので間違いない。

だからこそ、セイディは「セイディです」と返事をした。そうすれば、何のためらいもなく部屋の扉が開く。

「……どうした?」

彼は何処となく疲れたような表情で、セイディのことを見つめてくる。が、その顔立ちは大層美しい。さすがは王国一の美貌の一族と呼ばれているフェアファクス伯爵家の令息だと思えるほどに。

しかし、その顔を見ていると何となく頼み事がしにくいと思ってしまう。だが、これは必要なことだと自分自身に言い聞かせた。

「ミリウス様は、いらっしゃいますか?」

なので、遠慮なくそう問いかける。

「実は、フレディ様からお届け物を預かっておりまして。そちらを届けに来たのですが……」

あまり手を煩わせないようにと端折って用件を伝えれば、彼は「珍しくいるぞ。入ってこい」と言って扉を大きく開く。そして、セイディを騎士団の本部の中に招き入れてくれた。

ちなみに、部屋の中は相変わらずと言っていいのか書類まみれだった。割といつも通りの光景だ。

そう思いながら、セイディはアシェルに手招きされ応接スペースへと向かう。

そこにあるソファーに腰を下ろせば、セイディにとって同僚とも呼べる騎士リオ・オーディッツがお茶を持ってきてくれた。最近はすっかり寒くなってきたのでお茶は温かいものである。

ありがたく思いながらセイディがカップに口をつければ、ダルそうな様子でミリウスがセイディの側にやってきた。

「届け物って、何だっけ？」

彼はセイディになんてことない風にそう問いかけてくる。そのため、セイディはフレディから預かっていたファイルを机の上に置いた。

そのファイルを一瞥し、ミリウスは「あぁ、これか」と声を上げファイルを手に取る。そのままそのファイルをぺらぺらと捲っていく。

彼のそんな様子をセイディがぼんやりと見つめていれば、彼はファイルを早々にアシェルに手渡す。「お前も見ておけ」という命令が漏れなくついていた。

「……はぁ？」

「お前にも必要な情報だからだ」

ミリウスはアシェルにそれだけを告げると、セイディの前に腰を下ろした。

「リオ、俺にも茶」

それから、ソファーの背もたれに背を預けながらそう続ける。

その言葉に気を悪くした風もなく、リオは「はいはい」と言いながら奥へとお茶を淹れに引っ込む。

彼が本部の奥へと行ったのを見計らったかのように、ミリウスはセイディに視線を向けてきた。

その視線は、何となくいたたまれないものだ。

「ちょうど、よかったわ」

「……どうか、なさいましたか？」

何だろうか。彼の静かな声はどうしようもないほどの不安を呼び寄せる。

それに、何となく嫌な予感がする。そんな風に考えセイディが小首をかしげれば、彼は「不審者情報が、あってな」と言いながら頬杖を突く。

「不審者、ですか？」

王宮の付近では度々不審者が目撃されるそうだ。セイディだってそれは知っているが、どうして彼はそれをセイディに教えるのだろうか。セイディはただのメイドで、警備の人間でも騎士でもないというのに。

セイディがミリウスのことを見据えていれば、彼はゆっくりとその緑色の目を伏せる。

「……セイディに、関係のある人物だ」

彼のその目は、何処となく呆れか何かを含んでいるようであり、セイディの背筋に冷たいものが走った。

「……まさか」

セイディに関係のある人物。それを聞いて、一番に思い浮かぶのは――元家族。

元婚約者であるジャレッドは捕らえられているため、不審者として目撃される可能性はない。それに、彼は顔が割れているためミリウスがわざわざ『不審者』などと表すわけがない。

「……お父様方、ですか?」

ゆっくりと彼にそう問いかければ、彼は首を縦に振る。

(お父様やお義母様《かあさま》方が、ついにこちらに……)

内心でそう呟いたセイディの表情が、一気に曇る。

それを見たためだろうか。アシェルはミリウスの肩をバンッとたたいていた。

その手つきは乱暴なものであり、それはまるで彼のことを咎《とが》めるかのようだ。

もしかしたら、彼はこの情報をセイディに教えない方が良いと思っていたのかもしれない。

「オフラハティ子爵夫妻には、帝国との癒着疑惑があるんだぞ? このままにしておけるわけがない」

「……それは、そうだが」

ミリウスの言葉に、アシェルが眉を下げる。彼も、ミリウスの言ったことに関しては正しいと思っているのだ。それがわかるからこそ、セイディは膝の上でぎゅっと手を握りしめた。

ずっと、考えていた。いつかは、実父と継母がセイディの許にやってくるだろうと。

『光の収穫祭』で代表聖女を務めてしまった以上、目立ってしまっているのだ。見つかる可能性は跳ねあがっていた。

「セイディ。そろそろ、先送りにしていた問題の結論を出すべきじゃないか?」

ミリウスのきれいな唇が、残酷な決断を迫ってくる。

そのため、セイディは柄にもなく俯いてしまった。

いろいろなことがあり、この問題は先送りにしてきた。けれど、それももう限界ということらしい。それを実感し、セイディは「……考えます」という言葉を口にする。

（考えるとはいっても、結論なんてもうとっくの昔に出ているのだけれど……）

元家族に見つかったら、メイドを辞めるつもりだった。

いつまでも逃げ回ることは出来ない。が、今は彼らと向き合うタイミングではないと思っている。

だからこそ、メイドを辞めて新しい住居と仕事を見つけたい。それが、セイディの考えた最善だった。

「そうか。……それだけ、言っておきたかった」

セイディの態度を見てか、ミリウスはうんうんと頷き立ち上がる。彼はそのまま自身の執務机の方に戻っていった。

残されたのはアシェルとセイディであり、アシェルはセイディのことを何とも言えないような目で見つめていた。

「セイディ。俺は、お前のことを妹のように思っているから。……だから、手助けがしたいとは思っている」

静かな空間に、アシェルのその言葉が響き渡る。だが、セイディはその言葉に頷けなかった。

アシェルの手助けを借りれば、元家族を退けることは容易《たやす》い。それはわかっている。

ただ、それはセイディのちっぽけなプライドが許さないのだ。

「……いえ、私は、出来る限り自分で、何とかします」

そのため、セイディは震える声でそう答えた。

そんな様子のセイディを見て、アシェルはどう思ったのだろうか。彼は静かに「……そうか」と返事をくれるだけだった。

昔話

その後、セイディはアシェルやリオの厚意に甘えて本部で休憩していくこととなった。

セイディ自身もそろそろ休憩を取ろうと思っていたので、ちょうどいいと思い甘えることにしたのだ。最近では素直に休憩の誘いにも応じるようになり、のんびりとすることも増えた。

仕事の質は落としていないので、今のところ文句を言われたこともない。

（まぁ、私の場合時給じゃなくて日給だし、一日のお仕事をこなせば特に問題がないのよね……）

その日のうちに必要な仕事を終わらせれば、どれだけ休んでもらっても構わない。

それは初期の頃に言われた。最近では『光の収穫祭』の代表聖女として頑張っていたので、何となくかなり昔のような気もするのだが。

そして、十五分ほど休憩した後。セイディは「では、私はそろそろ戻りますね」と言って立ち上がる。

対してアシェルは「あぁ」と返事をくれた。リオは「頑張ってね～」と手を振ってくれる。

セイディが本部を出て行こうとしたときだった。

「副団長！」

一人の騎士が、本部に駆けてきた。

彼は息を切らしながらアシェルのことを呼ぶ。彼の言葉を聞いたアシェルが「どうした？」と怪訝そうに声をかければ、彼は「……えっと、不審者が……」と言って一旦言葉を切る。

彼のその視線はセイディを射貫いており、どうやらセイディがいるため遠慮しているらしい。それに気が付き、セイディはぺこりと頭を下げる。

「私のことは、どうかお構いなく」

そう言葉を続ければ、アシェルは騎士の方に近づいて行った。

「不審者？」

「は、はい。もう散々追い返しているんですけれど、オフラハティ子爵が……」

――オフラハティ子爵。

その単語を聞いて、セイディはその真っ赤な目を真ん丸にしてしまった。

先ほどミリウスから教えてもらっていたとはいえ、さすがにタイミングが絶妙すぎる。そう思いセイディがぼんやりとしていれば、アシェルは上着を羽織ると「俺が出る」と言って本部を出て行こうとする。

「リオは、セイディの側に居てやれ」

「わ、分かったわ」

「お前は一緒に行くぞ」

「は、はい！」

アシェルはてきぱきと指示を出し、報告に来た騎士を連れて歩き出す。

そんな彼の後ろ姿をセイディがぼうっと見つめていれば、隣にいたリオが「……大丈夫？」と声をかけてくれた。

どうやら、今の自分は相当ひどい顔をしているらしい。

「……はい」

ちょっと、頭が混乱しただけだ。

そういう意味を込めてにっこりと笑えば、彼は「無理しなくても、いいのに」と言葉をくれた。

だからこそ、セイディはゆるゆると首を横に振る。

「ただ驚いた、だけ、です。ちょっと、いきなりすぎて……」

苦笑を浮かべながらそう言葉を返せば、彼は「そりゃそうよね」と同意してくれた。その後、彼も苦笑を浮かべる。

「いずれは、こうなるとも思っていましたし。代表聖女を務めてしまった以上、お父様方に居場所がバレてしまうのはわかっていました」

リオにもう一度ソファーを勧められ、そこに腰を下ろす。

それと同時にセイディはそんな言葉を零してしまった。

どうしてだろうか。リオにならば本当のことを話してもいいと思える。

それは、彼のことを信頼しているから。彼のことを、信頼のおける友人だと思っているから……なのだろう。たとえ、それが人からすれば微々たるものだったとしても。

「……気になっていたこと、尋ねてもいい？」

セイディのすぐ隣に腰を下ろし、リオはセイディの顔を覗き込んでそう言ってくる。なので、セイディは首を縦に振った。

「……貴女の元家族は、どういう人たちだったの？」

直球な問いかけだった。

でも、不思議なことに不快感はない。そう思いながらセイディは「聞いても、面白いお話じゃないですよ」と前置きをする。

「構わないわ。貴女のことを、知りたいの」

対して、リオはまっすぐにセイディの目を見てそう言ってくれる。

ここに来た当初。異母妹であるレイラのことは多少なりとも話した。けれど、父や継母のことを彼に話すのは初めてかもしれない。

そう思いながら、セイディは何から話そうかと口をパクパクと動かす。リオは急かすことなくじっと待ってくれていた。

「えぇっと、オフラハティ子爵家は、私のお祖父様《じいさま》が発展させてきた家でした。お祖父様はとても優秀なお方で、誰からも慕われるような人でした」

目を閉じて、ゆっくりと言葉を選んでいく。

今でこそ顔がおぼろげになったものの、実母を亡くしたセイディを必死に育ててくれたのは祖父母だった。

彼らには感謝してもしきれない。

「お父様は、お祖父様の命令で私の実のお母様と結婚したそうです。まぁ、よくある政略結婚の一種……だと、思えばいいと思います」

「……そう」

セイディの実父であるアルヴィド・オフラハティは何処となく気が弱かった。しかし、プライドだけはとても高く、いわばジャレッドのようなタイプだったのだ。

そして、何よりも彼は実の父親に逆らえなかった。

「でも、お父様にはすでに恋人がいました。その方が私の継母で、異母妹レイラの実の母です」

セイディの継母であるマデリーネ。彼女はアルヴィドを心の底から愛していたらしい。だからこそ、彼女はアルヴィドが結婚してからも愛人として側に居続けたそうだ。それは、古株の使用人たちから聞いていた。

「貴族なので、愛人を持つことを咎められはしませんから」

そこまで言って、セイディは一度肩をすくめた。

「そういうこともあって、お父様とお母様はあまり仲が良くなかったそうです」

目を瞑《つむ》って、使用人たちから聞いた昔話を思い出す。

使用人たちはセイディの実母については詳しく教えてくれなかったが、アルヴィドとの関係については度々教えてくれていたのだ。

「……そうなの」

リオがセイディの話に相槌を打つ。それを聞いて、セイディは首をこくんと縦に振った。

「私が生まれてから、仲はさらに冷え切ったそうです。お祖父様やお祖母様《ばあさま》はお母様のことをとても気に入っていて。なので、愛人であるお義母様のことはよく思っていなかったそうです」

祖父はよくアルヴィドに「別れなさい」と言っていたらしい。

だが、その点でアルヴィドは頑固だったそうだ。いや、この場合は意地になっていたという方が正しいのかもしれない。

「それから……その、お母様は、亡くなったそうです」

死の原因が何だったのかを、セイディは知らない。使用人たちは「病気、でした」と大雑把に教えてくれただけなのだ。

「その後、お祖父様は渋々といった風にお義母様を後妻に据えることを許しました。……そして、レイラが生まれました」

遠くを見つめながら、セイディはそう続ける。

アルヴィドはレイラのことを大層可愛がった。政略結婚した妻の子であるセイディよりも、愛する女性との子であるレイラを選んだのだ。

幼心《おさなごころ》に、セイディはその態度に傷ついていた。あの頃のセイディはまだまだ未熟だった。父が自分を愛してくれないことに、少なからずショックを受けていたのだ。

「ただ、あの頃の私にはお祖父様とお祖母様がいました。なので、お父様もそこまで私のことを蔑《ないがし》ろにはできなかった。お義母様も、お二人の目があったので私のことを虐《しいた》げることはありませんでした」

心の底では愛されていないとわかっていても、その頃のセイディはまだ幸せだった。両親の分まで祖父母が愛情を注いでくれていたし、何よりも差別されることはあれど、暴力を振るわれたり露骨に虐げられたりすることはなかったのだ。

だが、それが変わったのは――相次いで祖父母が亡くなったことがきっかけだった。

「だけど、お祖父様とお祖母様は相次いで病で亡くなりました。……それからは、多分リオさんの想像する通りだと思います」

祖父母という盾がなくなったセイディのことを、アルヴィドは露骨に蔑ろにした。マデリーネは暴力を振るったり、虐げるようになった。使用人たちはそんなセイディのことを庇《かば》ってくれていたものの、マデリーネはセイディを庇う使用人たちを容赦なく解雇していくようになった。

自身に関われば、使用人たちは不幸になってしまう。そう思ったからこそ、セイディは使用人たちさえも遠ざけるようになった。ただ、執事と実母の専属侍女だけは、セイディのことをいつまでも気にかけてくれていたのだが。

「……昔の私は、どうして私がレイラと差別されるのか、よく分かっていませんでした。だから、あの頃は苦しくて辛くて、仕方がなかった」

目を瞑って思い出す。けれど、いつからだろうか。たくましく生きてやろうと思った。そのきっかけはよく覚えていない。でも、確かにそう思えたのだ。

「……そう、だったのね」

セイディが一通りの話を終えたのを察してか、リオはそう相槌を打ってくれた。

その声は何処となくしぼんでおり、セイディの境遇にいろいろと思うことがあったのだろう。セイディだって、もしもこれが自身ではなく他人の境遇だったならば、同じような反応をしてしまった自信がある。

「本当に、重苦しくて楽しいお話じゃなかったですね。申し訳ございません」

その場でぺこりと頭を下げてそう言えば、リオは「いえ、貴女のことが知れてよかったわ」と言ってくれる。

彼の言葉に胸を温かくしながら、セイディはその場に黙って座っている。そうすれば、本部の奥からミリウスが顔を見せた。彼は「……なぁ」とセイディに声をかけてくる。

「……どう、なさいました?」

ミリウスの声に、セイディはそう返す。すると、彼は「……多分だけれど、セイディの母親ってかなり特殊な事情の持ち主だぞ」と静かな声で告げてきた。

「……どういうこと、ですか?」

彼の言葉を怪訝に思い、セイディがゆっくりとそう問いかければ――ミリウスは口を開こうとする。

そんな中、タイミング悪く慌ただしく本部の部屋の扉が開く。そこには、アシェルがいた。

彼は額に流れる汗をぬぐいながら、「何とか、追い返した」と言葉を発する。冬だというのに大量に汗をかいた彼は、疲れ果てたような様子でソファーに腰を下ろした。

「……ただ、あれはまた来るぞ。全く、面倒だ」

アシェルがボソッとそう零したのを聞いて、セイディは肩をすくめる。その後「……申し訳、ございません」と言うことしか出来なかった。

「……いや、セイディの所為《せい》じゃない。あの男が勝手に押しかけてきているだけだからな」

「ですが……」

ほんの少しの弱気な気持ちが、胸の中に芽生えていく。

その気持ちに押しつぶされそうになっていれば、リオは「気にしないで」と言って笑いかけてくれた。

「貴女は、私たちの大切な仲間なのだから。……困ったときは、頼って頂戴。それに――」

――なんだかんだ言っても、私たち、貴女に助けられてばかりだもの。

見かけた実父

それからというもの、アルヴィドが度々王宮や騎士団の方に来るという情報を、セイディはもらうようになっていた。

騎士たちだけではなく、魔法騎士たちも協力して追い返してくれているらしいが、それもいつまで持つかはわからない。

そう思いながら、セイディはその日街へと買い出しに出向いていた。

王都の街まで下りて、いくつかの備品を買い足していく。ほんの少し調味料も足りなさそうだったので、そちらも店によって買い足す。

「これで、全部ですか？」

「はい。そうですね」

隣を歩く少年騎士クリストファー・リーコックと共にセイディは帰路につく。

買い物袋三つ分の買い物をし、そのうちの一つの袋を持ちながら、セイディは歩く。クリストファーは二つの袋を持っており、セイディの手元にあるメモを覗き込んでいた。

「……セイディさん。最近、なんだかあんまり元気がないですね」

帰路についてしばらくした頃。ふとクリストファーがそう声をかけてくる。なので、セイディは彼に笑みを向けながら「そうですか？」と誤魔化しの返事をした。

セイディの事情を知っているのは、アシェル、リオ、ミリウス。それから一部の騎士。あとは一部の魔法騎士くらいだ。

少年騎士であるクリストファーや彼の同僚であるルディ、オーティスには教えられていない。

だからこそ、クリストファーは最近のセイディがおかしい理由を把握していないのだ。

「そ、その、僕でよかったら、力になります、から……」

肩を縮こめながら、クリストファーがそう言ってくれる。

彼のその言葉に胸の中が温かくなっていくが、彼に迷惑をかけるわけにはいかない。

そう思い、セイディは「お気持ちだけ、受け取っておきますね」と言葉を返す。

「じゃ、じゃあ、相談でも……。僕じゃ、ろくなアドバイスを出せませんけれど……」

しかし、クリストファーは引いてくれない。

そんな彼のことを何処となく愛おしいと思いながらも、セイディは「本当に、大丈夫ですから」

と告げる。

出逢った頃よりも少したくましくなったクリストファーを見ていると、何となく時の流れを実感してしまう。もう騎士団の寄宿舎で働き始めて半年以上の月日が流れた。そろそろ、新しい騎士がやってくる時期でもあるのだ。

（……もう、潮時なのかも）

ふと、そんなことを思ってしまった。

けれど、隣を歩くクリストファーのことを見ていると、彼らの成長をもう少し側で見ていたいという気持ちも抱いてしまう。

（でも、迷惑をかけてしまうのは……）

騎士たちはセイディに迷惑をかけられても構わないと言ってくれている。が、それではセイディの気が収まらないのだ。

妹分のように思われているからと言って、やはり彼らの仕事を増やすわけにはいかない。貯金はある程度貯まりつつあるので、一度他国に渡るのもいいのかもしれない。

（まぁ、選択肢は無限大にあるわけだし……）

そう思いながら、セイディが前を向いて歩いていたときだった。

不意に、前から見知った顔の人物が歩いてくるのを見つけた。彼は何処となく怒りに満ちたような表情で、乱暴な足取りで歩いている。

だが、何処となくびくびくとしているような。それでいて虚《うつ》ろな様子に見えるのは、気のせいではないだろう。

そんな歪《いびつ》さを持っているためか、周囲の人間たちは彼のことを露骨に避ける。セイディも彼が全くの知らない人ならば、何も考えずに避けていただろう。……しかし。

「……お父様」

セイディの口は自然とそんな単語を紡いでいた。

半年以上ぶりに見た実父アルヴィドは、何処となくやつれているようだ。もしかしたら、ろくな生活をしていないのかもしれない。

一瞬だけそう思ったが、頭を横に振りセイディはクリストファーの後ろに隠れる。

その瞬間、クリストファーの身体が露骨に震え「せ、セイディさん……？」と声を上げたのがよく分かった。

「……ちょっとだけ、隠れさせてください」

そのため、セイディは上目遣いになりながらもクリストファーにそうお願いをする。

そうすれば、彼は「べ、別に、構いませんけれど……」としどろもどろになりながらも返事をくれる。

アルヴィドはセイディには気が付かずに、歩いて行った。それにほっと息を吐く。

「あの人と、お知り合い……ですか？」

クリストファーがそう問いかけてくる。……もう、隠し切れないらしい。

「え、えぇ、まぁ。……私の、お父様、です」

苦笑を浮かべながらそう言えば、彼の目が大きく見開かれた。

その後、彼は「……一体、何の用なんでしょうかね？」と問いかけてくる。

「私のこと、どうにも連れ戻しに来たみたいで」

「……そ、それは」

「自分で勘当しておいて、身勝手ですよね」

はははは。

そんな笑い声を上げて歩き出せば、クリストファーは何とも言えないようだ。

しかし、彼は意を決したかのように「……僕は、いなくなってほしくないです」と今にも消え入りそうなほど小さな声で言ってくる。

「僕は、セイディさんのことが好きですから。……その、いなくならないで、ください……」

クリストファーは俯いていることもあり、その表情はよく見えない。でも、その言葉が嬉しかったのは真実だ。

だからこそ、セイディは「……ありがとう、ございます」と素直に礼を告げることが出来た。

「ですが、前にも言った通りいなくならないという約束は、出来ません」

だけど、これだけは伝えておかなくては。

そう思い、セイディは凛とした声でそう告げていた。

いっそ

しばしの日が経ち。

セイディはその日も仕事に精を出していた。先ほどから掃除をしている玄関をピカピカにし、満足げに頷く。

（ふぅ、ちょっと休憩しようかな……）

そして、そう思った。

大きなあくびを噛み殺す。最近ではアルヴィドの動向が気になってしまい、あまりよく眠れない。

しかし、メイド業は重労働である。

そのため、眠らないという選択肢はなかった。眠れないときも目を瞑ってゴロゴロとする。そうすれば、自然と眠りに落ちていけるのだ。

（けど、今日はちょっと睡眠不足……かも。眠いわ）

そんなことを思いながら、セイディはふわぁとついにあくびを零してしまった。

幸いにも今のセイディを見ている人物はおらず、ほっと息を吐く。あくびなんてしているところを見られてしまえば、無駄な心配をかけてしまうだろうから。

続けざまに出そうになるあくびを噛み殺し、セイディは寄宿舎の中に戻ろうとする。そんなときだった。

「……セイディ」

小声で見知った騎士がセイディのことを呼び、手招きした。

それに驚きながらも近づけば、彼は「……寄宿舎の中に隠れていろって、副団長から連絡が」と耳打ちしてくる。

「……どうして、ですか？」

「い、いや、お前、には……」

セイディの問いかけに騎士が口ごもったときだった。聞きなれた怒声がセイディの耳に入ってくる。

「お前ら、私を誰だと思っているんだ！」

威張り散らしたような声なのに、言葉の節々には怯えが含まれている。

その声を聞いて、セイディは慌てて騎士に言われるがままに身を隠した。

「……オフラハティ子爵。こちらは関係者以外立ち入り禁止でございます」

「そんなものは知らん！」

騎士の丁寧な追い返しにも、彼は応じない。何処となく酔っぱらっているように見えるのは、気のせいではないだろう。

（……お父様）

男性――アルヴィドの姿を陰から見つめ、セイディは内心でそう呟く。

気が付けば先ほどセイディを手招きしてくれていた騎士も、アルヴィドを追い返す部隊に入っていた。

「私はあの代表聖女の父だぞ！」

アルヴィドのその言葉に、セイディは身を縮めた。

「お言葉ですが、オフラハティ子爵。代表聖女は確かに偉いですが、貴方はそこまで偉くないでしょう」

「わ、私は……！」

「貴方の噂は、常々伺っております」

セイディがその声に反応してそちらに視線を向ければ、アルヴィドに応対しているのはアシェルのようだった。

先ほどまではいなかったので、大方駆けつけてくれたのだろう。こういう役割はほとんどアシェルが引き受けていると聞く。彼は名門伯爵家の令息ということもあり、大体の人間が怯んでしまうかららしい。

「先代の子爵が発展させてきた事業のいくつかを潰し、子爵の風上にも置けない。そう、言われておりますよ」

淡々とアシェルはそう告げているが、その声には明らかな怒りが含まれている。

それに、アシェルは普段そこまで刺々しい物言いをするタイプではない。確かに気を許せば毒は吐くものの、初対面の人間には丁寧に応対するのが彼だ。そんな彼が怒っている。それを肌で感じ、セイディはそっと目を伏せた。

「そ、それは……」

「それに合わせ、勘当した娘の威光を借りようとするなど、言語道断です。……おかえりください」

丁寧な口調なのに、有無を言わさぬ言葉だった。

それに怯んでか、アルヴィドは「クソッ」と呟いた後に踵を返して出て行く。

そんな彼の後ろ姿が視界から消えたのを見て、セイディは申し訳なさそうにアシェルの方に近づいた。

すると、彼はセイディに気が付いてか「悪かったな」と言ってくる。

……悪いのは、アシェルではない。そういう意味を込めて首をゆるゆると横に振れば、彼は「……少し、元気がないな」とセイディに声をかけてくれた。

「……疲れたか？」

優しくそう問いかけられ、セイディはこくんと首を縦に振る。

だからだろうか、アシェルは「少し休んでこい」と言ってくれた。元々そのつもりだったので、セイディが異を唱える意味もなく、寄宿舎に戻ろうとする。後ろからは、アシェルが指示を飛ばしているのが聞こえてきた。

「……今後の警備は厳重にしろ。あと、魔法騎士団の方にも連絡を」

「はい！」

「くれぐれも、あの男を入れないようにしてくれ。……セイディに毒だ」

アシェルは淡々とそう指示を出すものの、その指示がセイディの心に小さなとげを刺していく。

彼はセイディのことを思ってそんな指示を出してくれている。けれど……。

（……私が、皆様の邪魔になってしまっている）

そう、思ってしまった。

普段は些細なことではへこたれたりしないセイディではあるが、このときばかりは心に来てしまっていたのだろう。部屋に戻ると、そのまま寝台に倒れこむ。

（……私は、このままここにいてもいいのかしら？）

クリストファーやアシェル、リオはここにいてほしいと言ってくれている。だけど、このまま迷惑をかけるくらいならば――いっそ、出て行ってしまおうか。

そんな考えが、セイディの胸中を支配していた。

辞表

それから数日後。

この日、セイディは一日休みだった。そのため、朝食を作り終えてから自室にて片づけをしていた。塵《ちり》一つ残さないほどきれいに片づけ、持っていたカバンにいろいろなものを詰め込む。

アシェルに買ってもらった衣服や、リオにもらった小物。パートナーを務めた際にフレディからもらったドレス。思い出の品の一つ一つを大切にカバンに詰め込んだ後、セイディは机の上に置いてある一つの封筒を手に取って部屋を出て行く。

（……よし、これを出せば終わりね）

その封筒を衣服のポケットに突っ込み、セイディは騎士団の本部を目指して歩く。

途中休憩に入った騎士や魔法騎士たちににこやかにあいさつをする。まだ、悟られるわけにはいかない。

ここの騎士たちはフレンドリーだし、優しい性格をしている者がほとんどだ。魔法騎士たちも一風変わった人たちが多いが、根本は優しい。それを、セイディは嫌というほど知っている。

だからこそ、知られるわけにはいかないのだ。知られてしまえば——引き止められてしまうだろうから。

ポケットに突っ込んだ封筒を握りしめ、セイディは意を決して一歩一歩踏み出していく。

封筒に書かれているのは『辞表』という文字。たった一言「仕事を辞めます」と言えばいいのかもしれない。けれど、きちんとしたかった。

騎士や魔法騎士たちはこうやって辞表を出して仕事を辞めるのだ。メイドである自分も倣うべきだと思った。ただ、それだけだ。

顔なじみの警備の人たちにぺこりと頭を下げて、セイディは王宮に入っていく。

王宮でも顔なじみの侍女やメイド、従者たちとあいさつを交わす。いつも通りに振る舞って、いつも通りに笑う。

(私は、いつも通りに笑えているかしら?)

そう思う気持ちはあったものの、ぎこちない表情を指摘されることはなかった。だから、きっと大丈夫。

そして、騎士団の本部がある扉の前に立つ。一旦深呼吸をして、扉を三回ノックする。すると、中から「どちらさま?」という声が聞こえてきた。この声は、リオのものだ。

「セイディです。少し、用事がありまして……」

出来る限り明るい声でそう言えば、彼は「は～い、どうぞ」と返事をくれた。なので、セイディは「失礼いたします」と言って本部に足を踏み入れる。

中は相変わらず書類が雑多に積み上げられており、お世辞にもあまりきれいとは言えない。……この光景も見納めなのかと思うと、セイディの中にいろいろな感情がこみあげていく。

「ごめんなさいね。今、副団長は席を外しているのよ」

ニコニコと笑ってリオがそう言ってくれる。なので、セイディは「そうなのですか」と言葉を返した。

大体セイディがここに来るときは、アシェルに会いに来ることが多い。リオもそれはわかってくれているのだ。

「お茶は何が良い？　ハーブティー？　それとも普通の紅茶？」

「……なんでも、大丈夫です」

「そう。じゃあ、新しく実家から送ってもらったものを用意するわ」

セイディの意見を聞いて、リオは部屋の奥へと入っていく。その背中を見送った後。セイディは応接スペースにあるソファーに腰を下ろし、一度「ふぅ」と息を吐く。

騎士団長の執務机の前に、ミリウスはいない。当たり前だが、副団長の執務机の前にアシェルはいない。席を外しているというのはどうやら本当のことらしい。まぁ、リオがセイディに対して嘘をつくとは思えないのだが。

(優しくされたら、気持ちが揺らいでしまうわ)

目を瞑ってそう考えていれば、リオが「どうぞ」と言ってカップに入った紅茶を差し出してくれた。

ほのかに漂う香りは、一体何だろうか？

そう思って首をかしげていれば、彼は「ちょっと変わったお茶なんだけれどね」と言いながらくすくすと笑う。

「柑橘系のフルーツが、ミックスになっているのよ」

「珍しいですね」

「えぇ、そうでしょう」

セイディの言葉に、リオはニコニコと笑いながら応対してくれる。

二人で話している時間は、とても心地いい。リオに仕事はどうなのかと尋ねれば、ちょうど休憩する予定だったらしい。そのため、構わないということだった。

「ところで、アシェル様はどちらに……？」

世間話の一環でそう問いかければ、リオは「魔法騎士団の方との打ち合わせよ」と教えてくれた。

「今日も団長は朝から行方不明なの。だから、副団長が代わりに行っているのよ」

……それは、笑いごとではないような気もするが。

そう思ってしまうが、ここではそんな細かいことを気にしていてはやっていけない。それを、セイディはここ半年でしっかりと学んだ。

そんな風に会話をし始めて十分程度が経った頃。部屋の扉が開きアシェルが顔をのぞかせた。彼は疲れたような表情を浮かべているものの、セイディの顔を見て「どうした？」と問いかけてくれた。

「……いえ、少し、お話がありまして」

真剣な面持ちでそう言えば、彼は「そうか」と言ってセイディの真ん前のソファーに腰掛ける。

「リオ。茶を持ってきてくれ」

「はいは～い」

アシェルにお茶を要求されたためなのか、リオはもう一度奥へと引っ込んでいく。リオのことを見送れば、アシェルは「で？　何か相談か？」と言葉をくれる。だからこそ、セイディはゆっくりと口を開いた。

「……一つ、お願いがありまして」

目を伏せて静かな声でそう告げれば、アシェルもただ事ではないと察したのだろう。

彼は「……重要なことか？」と問いかけてくる。なので、セイディは頷いた。

「……私、メイドを辞めようと思います」

そして、セイディは意を決したようにそう告げた。ポケットの中に突っ込んでいた辞表を取り出し、アシェルに手渡す。

そうすれば、彼はそのきれいな目をぱちぱちと瞬かせた。しかし、すぐに「正気か？」と尋ねてくる。

「はい」

だからこそ、セイディはまっすぐに彼の目を見てそう伝える。けれど、視線は逸らしてしまった。

彼のその驚いたような目を見つめていることが、辛かったのだ。

（……辞めるって決めていたのに、まだ心が揺らぐのね）

そう思いながら、セイディはアシェルの返答を待つ。

すると、彼は辞表を受け取り「預かっておくな」と告げてくる。

「悪いが、セイディの雇用主は団長だ。俺が一人でセイディの辞表を受理することは出来ない」

「……はい」

「それから……どうして、いきなりそんなことを言う」

アシェルはセイディの目を真正面から見つめてそう問いかけてきた。

その目は美しい。だけど、何となくやるせなさのようなものが宿っているような気がした。

素直に言って、いいものだろうか。一瞬だけそうためらったものの、セイディは口を開く。

「このままだと、皆様にご迷惑をおかけしてしまうからです」

凛とした声でそう言えば、彼は「迷惑、か」と零す。

その後、彼は長い脚を組みなおしながら「迷惑だなんて、思っていないんだがな」と言葉を発する。

その回答は、セイディも予想出来ていた。が、セイディが嫌だったのだ。

いつもいつも騎士たちにアルヴィドのことで迷惑をかけてしまう。それだけではなく、魔法騎士たちにも迷惑をかけてしまっている。

この状態だと、騎士団や魔法騎士団の仕事に支障が出てしまうだろう。そんなことになれば、セイディだって後悔してもしきれない。

「悪いのはセイディの父親……オフラハティ子爵、だろ?」

「それは、そうかもしれませんけれど……」

そう言われたらなんと返せばいいかがわからない。

そんなことを思いつつセイディが眉を下げていれば、アシェルは「でもな」と真剣な声で言葉を続けた。

彼のその言葉に驚き、彼の顔を見つめれば彼はとても真剣な表情をしている。

「セイディの意思を尊重するのが大切だと、俺は思う」

「……は、い」

「だから、辞めたいのならば引き止めない。人には自由があるからな」

淡々と告げられるその言葉は、妙に冷たい言葉にも聞こえてしまう。

だが、その言葉の裏には何処となく寂しさのようなものがこもっていることに、セイディは気が付いていた。

その所為で、セイディは目の奥を揺らす。

そんな会話をしていれば、リオがお茶を持ってきた。それから、彼はアシェルの手の中にある辞表を見つめ、「……メイド、辞めるの？」とセイディに尋ねてくる。なので、セイディは静かに頷く。

「……そう」

リオは何を思っているのだろうか。

たったそれだけの言葉を言うと、彼は「仕事に、戻るわね」と言って執務机の方に戻っていった。

多分だが、彼にもいろいろと思うことがあるのだろう。

（いきなり辞めるなんて言っても、皆様納得してくださらないわよね……）

せめて、後任が決まるまでいた方が良いのだろうか。

そう思うものの、長々といればその分愛着がわいてしまう。もうすでに愛着がわいているのかもしれないが、これ以上ここに気持ちを留められるのは嫌だった。

「じゃあ、団長の判断を待ってくれ。……俺もリオも、セイディの新しい道を応援しているからな」

「ありがとう、ございます」

アシェルの言葉に静かに礼を告げ、セイディは立ち上がる。すると、彼はふと「……ボーナス、出しておいてやる」と呟いた。

「……え？」

「新しいことをするのならば、いろいろと入り用だろう。……俺ら的にはセイディに辞めてほしくはないが……」

そう言って、アシェルが眉を下げる。そんな表情、しないでほしい。そういう表情を見ていると……辞めたくなくなってしまうから。続けたくなってしまうから。

「まぁ、セイディにはセイディの道がある。団長と相談の上、いろいろと決めてくれ」

その言葉は会話の打ち切りを意味していた。アシェルはお茶を一気に飲み干すと、自身の執務机の方に戻っていく。

（……ミリウス様と相談、か）

彼は一体どういう反応をするのだろうか。それが全く読めない所為で、いろいろと不安になってしまう。

不安を抱いて目を伏せてしまうが、すぐに「このままだとダメだ」と思った。

（きちんと、お話をしなくちゃ）

自分自身にそう言い聞かせ、セイディはゆっくりと騎士団の本部を出て行く。

その後、寄宿舎の方へと戻ろうとした……のだが。

「セイディ」

「……ミリウス、さ、ま」

ほかでもないミリウスに、捕まってしまった。

逃げるのか？

彼のその緑色の目には、何ともいえない感情がこもっている。その状態で、セイディのことをまっすぐに見据えている。

その視線に居心地の悪さを感じ、セイディはそっと視線を逸らした。が、ミリウスはセイディのことをもう一度呼ぶ。

「……話をするぞ」

そして、彼は静かにそう告げると歩き出す。……ついてこいという意味だ。それを悟り、セイディも彼の後に続いた。

ミリウスがセイディを連れてやってきたのは、王宮の中庭だった。そこでは庭師たちが仕事に精を出していたものの、ミリウスが「少し、離れてくれ」と言えば彼らは何の文句もなく立ち去っていく。

そんな彼らに委縮しながら、セイディは言われた通りにベンチに腰を下ろした。

「なぁ、セイディ」

セイディがベンチの端の端に腰を下ろしていれば、その逆の端にミリウスが腰を下ろす。二人の間には微妙な距離があり、それはいろいろな勘繰りを生んでしまいそうだ。

しかし、そんなことを気にもしていないのか、彼は「……お前、メイドを辞めるのか?」と直球に問いかけてくる。

どうして、彼がそれを知っているのだろうか。そう思ったが、ミリウスの行動や思考回路を読むことは何よりも難しい。それに関してはあきらめた方が楽なのだ。それに、彼の言っていることは真実である。

「……まぁ、そうです、ね」

目を瞑らずに彼の方も見ずに、セイディはそう返事をする。そうすれば、彼は「どうしてだ?」と続けて問いかけてきた。

「どうしてって……そりゃあ、このままだと皆様の迷惑になってしまうからです」

ゆるゆると首を横に振りながらそう言えば、彼は「アシェルやリオは、迷惑だなんて思っていないだろ」と告げてくる。

それは、間違いない。彼らはむしろセイディに迷惑をかけられることを望んでいる部分がある。だけど、それだとセイディが納得できないのだ。

「たとえそうだったとしても、です。私は皆様に迷惑をかけたくない。……だから、辞めるだけです」

凛とした声でそう言ったつもりだった。

が、その声は何処となく震えている。それに自分でも驚きながら、セイディがその赤い目を伏せていれば、彼は「はぁ」とため息をつく。

「お前の決意が揺らがないのならば、俺はもう何も言わない」

「……え？」

「だけどな。お前はまだ迷っているだろ？」

図星だった。その所為で、セイディは口ごもってしまう。

「声、表情、態度。いろいろなところから推測するに、お前はまだ迷っている」

ミリウスは自信満々といった風にそう言うと、ベンチの背もたれに背を預けながら、セイディを見つめてくる。その緑色の目は何もかもを見透かしているようであり、セイディはどうしようもないほどの居心地の悪さを感じた。

……どうして、彼はそんなことが言えるのだ。

「だから、俺から言えることはたった一つだ」

その後、ミリウスは人さし指を一本立て、セイディのことを見つめてくる。セイディもゆっくりとそちらに視線を移せば、彼はそのきれいな唇を歪めた後、言う。

「――お前は、逃げるのか？」

ゆっくりと、凛とした声でそう言われ、セイディの心にはまるでとげが突き刺さったかのような感覚が襲い掛かる。

どうして、彼はそう言うのだろうか。

どうして、彼はそう思うのだろうか。

どうして、彼は——セイディの心の奥底を、読んでしまうのだろうか。

「俺はお前が強い奴だって知っている。でもな、強い奴でも逃げたくなることはあるし、弱気になることだってある」

「……それ、は」

淡々と告げられるその言葉たちに、セイディの心が揺れていく。

「逃げることだって、一種の強さだと俺は思う。……でも、このまま逃げ続けていても、この問題には意味なんてない。いずれは向き合わなくちゃならない」

「……それは、分かっています」

ミリウスの言葉に静かにそう返せば、彼は「……わかっていないだろ」とセイディの言葉を一刀両断した。

「いずれは向き合う。それは、一体いつの話だ？　いずれなんて日は自分で作らない限り永遠に来ない。ついでに言えば、そのときのお前には味方がいるか？　リオやアシェルのように、お前のことを守ろうとしてくれる奴が、確実にいるのか？」

その言葉たちは、セイディの心に容赦なく突き刺さっていく。ミリウスの言っている言葉は真実であり、間違いではない。彼は正論を述べている。

わかっている。わかっているのだけれど——……。

「ですがっ！　私は、皆様に迷惑をかけたくないのです。大切だからこそ、迷惑なんて……！」

首を横に振りながらそう言えば、ミリウスはおもむろにセイディに近づいてくる。

そのまま彼はセイディの頭を自身の肩に押し付けると、「頼るのも、強さだぞ」となんてことない風に言ってきた。

その言葉に、セイディは目を見開いた。

「自分一人で何でも抱え込むのも強さかもしれない。でも、強さにはいろいろな種類がある。……人を頼れる強さだって、あるんだぞ」

規則正しくセイディの背をたたきながら、ミリウスがそう言う。その言葉に――どうしようもないほど、セイディの心がざわついた。

「お前は強いよ。……だけど、一人で何でも抱え込みすぎだ。……そんなんだと、いつか壊れちまう」

まっすぐに、真剣に。ミリウスの口から紡がれていく言葉たち。

その言葉を聞いていると――思わず、セイディの目からはぽろりと涙が零れてしまった。

（……どうして）

どうして、自分は泣いているのだろうか。そもそも、心が辛いから泣くなど、一体いつぶりなのだろうか。

少し声を上げながら泣いてしまえば、ミリウスはなんてことない風に「おー、泣け泣け」と言ってくる。彼の言葉は素っ気ないが、その声音には確かな温かさがこもっていた。

「逃げるのか……って、ちょっときつく言いすぎたな」

その後、彼は少し反省したかのようにそんな言葉を零す。しかし、セイディは首を横に振り「……いえ」と言葉を返した。

実際、セイディの場合はそう言ってくれた方が決意が出来た。ただ、今泣いているのは……そう。ミリウスのぶっきらぼうな優しさに触れたから。あの言葉が原因というわけではない。

それから、一体何分経っただろうか。肩を揺らすセイディに声をかけることもなく、ミリウスはセイディの背中を優しくたたいてくれていた。その感覚に安心し、あふれ出た涙が徐々に引っ込んでいく。

「……ありがとう、ございました」

涙が完全に引っ込んだのを確認して、セイディは目を伏せてミリウスにそう告げる。

すると、彼は「俺は、何もしてねぇ」と言いながら顔を背けていた。どうやら、彼もほんの少し照れているらしい。

「……お前の雇用主は俺だ。……だから、お前のケアをしてやるのも俺の仕事……って、少し違うな」

そこまで言って、ミリウスは「あー」と声を出しながら頭を掻く。が、意を決したように「お前だからだよ」と真剣な声で告げてきた。

「……あの」

「バカみたいに真面目で、バカみたいに必死で。俺らのためにお前は尽くしてくれる。……お前がそういう奴だからこそ、俺らも力になりたいって思うんだ」

ミリウスはいつもよりもずっと真剣な面持ちで、そう告げてくる。その言葉にセイディの心が

――射貫かれたような気がした。

顔にカーッと熱が溜まるような感覚だった。……まぁ、その感情は一瞬でねじ伏せてしまったのだが。

「なんだ、今更照れたのか？」

そんなセイディのことを見つめ、ミリウスは悪戯《いたずら》っ子のようにそう問いかけてくる。だからこそ、セイディは「そんなわけ、ないですっ！」と意地になったように声を上げた。

そうだ。実際、照れたわけではない。……嬉しかったのは、認めるが。

「で、どうするんだ？」

その「どうするんだ？」の意味は、セイディにもよく分かっている。そのため、セイディは彼の目をまっすぐに見つめて――自分の意思を口に出す。

「――私、やっぱりメイドを続けます」

意を決したようにそう言えば、彼は「上出来だ」と言いながら、そのきれいな唇を歪める。

「こんなことで辞めたら、私らしくないですよね」

肩をすくめながらそう言えば、彼は「まぁ、そうかもな」と何処となく呆れたような声音で告げてくる。どうやら、彼はこの言葉には完全に同意しないらしい。

「私、お父様のことも、お義母様のことも、レイラのことも。……きちんと、向き合ってけじめをつけます」

誤魔化すようにそう続ければ、ミリウスは「そうだな」と言葉をくれた。その言葉は、言葉の割にはとても優しい声だった。

「じゃあ、辞表の方、破いておくか」

「……お願い、いたします」

「いや、別に俺が破くわけじゃない」

セイディの言葉に、ミリウスはなんてことない風にそう言う。

「破るのは、アシェルだよ」

彼はけらけらと笑いながらそう言った。

「……どうして、ですか？」

「そりゃあ、あいつストレス溜まっているしな。……まぁ、原因の大半は俺だけど！」

それは、堂々と言っていい案件ではないのでは……？

そう思ったからなのか、セイディの頬がほんの少し引きつっていた。

だけど、この人のおかげで自分がメイドを辞めることはなくなった。そう思うと、突っ込む気力は起きない。

「じゃあ、宣言の取り消しに行くか！」

「はい……って――！」

セイディがミリウスの言葉に返事をすれば、彼はセイディのことを担ぎ上げる。

……その担ぎ方は、まるで重たい袋でも担ぐかのようなものだった。……お世辞にも、女性を抱き上げる方法ではない。

「ちょ、おろ、降ろしてくださいっ！」

さすがにこんな状態は嫌だ。そう思い首をぶんぶんと横に振っていれば、彼は「たまにはいいだろ」と言う。

「たまには甘えておけ」

「――これは、甘えるとかそういう問題じゃないです！」

本当に、これは違う！

そんなことをセイディは思うものの、これがミリウスなりの元気付ける方法だとわかっているからなのだろうか。

そこまで、嫌悪感は抱かなかった。

まぁ、この状態で本部に戻ったため、アシェルやリオには怪訝そうな視線を向けられた挙句、ミリウスはアシェルにこってりと絞られていたのだが。

立ち向かえ

数日後。セイディは以前と変わらぬ日常を過ごしていた。

いつものように騎士団の寄宿舎でメイド業に勤しみ、時折外に出る。まぁ、いつアルヴィドの魔の手が伸びるかわからないので、ここ最近はあまり外に出ていないのだが。

そして、この日。寄宿舎の窓からふと外の景色を見つめてみると、雨雲のような暗雲が立ち込めていた。

(雨が降り出したら大変ね。ちょっと早いけれど、洗濯物を取り込まなくちゃ)

すっかり寒くなってしまったからなのか、洗濯物はそう簡単には乾かない。

けれど、雨に当てるわけにはいかない。それに、もう夕方だ。昼間は晴れていたので、あとは魔法騎士団の方から乾燥機を借りればいいだろう。

ジャックも「何かがあれば頼ってくれ」と言ってくれているので、遠慮なく乾燥機を借りている。

……決して、彼がそういう意味で「頼ってくれ」と言ったわけではないことを、セイディは知らない。

早足で物干し場に向かい、洗濯物を取り込んでいく。この量を一度で取り込むのは無理なので、二度三度往復する必要があるだろう。

(冬って本当に憂鬱だわ。……洗濯物、乾かないし。水仕事は大変だし)

そんなことを心の中でブツブツと呟き、洗濯物を取り入れていく。

そうしていれば、不意に寄宿舎の玄関側が騒がしいことに気が付いた。

(どうしたのかしら……って、一つしか原因はないわよね)

内心でそう零し、セイディは洗濯物を素早く取り入れ、慌ただしく玄関に向かう。

「あっ、セイディさん!　あの……!」

途中ルディと出くわしたので、セイディは申し訳なさそうな表情をしながら、彼に残りの洗濯物を取り入れてほしいと頼んだ。

すると、彼は疲れているであろうに「わかりました！」とニコニコと笑って了承してくれる。

だが、すぐにハッとしたらしく、「今、玄関には行かない方がいいですよ……！」と眉を下げて言う。

「えぇっと、大変申し上げにくいんですけれど、オフラハティ子爵が……って、セイディさん⁉」

ルディの言葉を最後まで聞くことはなく、セイディは駆けだした。

後ろからルディが呼んでいるのもお構いなし。たった一言、「洗濯物、お願いします！」と叫ぶことだけは忘れない。

（……お父様に、会わなくちゃ）

ミリウスと会話をしたことにより、セイディの決意は完全に固まった。

アルヴィドと、しっかりと向き合う。このまま逃げ回っていてもダメだと、ほかでもないミリウスに教えられた。そして――今が、向き合うときなのだ。

「えぇい、ここにセイディがいることは知っているんだぞ！」

玄関に近づけば近づくほど、男性が大きな声で喚いているのがよく聞こえてくる。仄《ほの》かに漂ってくるアルコールのにおいに、セイディは顔をしかめた。

その後、柱の陰から玄関を見つめる。そこには――この間街で見かけた際よりも少し老け込んだように見える実父、アルヴィドがいた。

「オフラハティ子爵。ですから、そういうことをおっしゃるのは……」

「許可を得ろと言うんだろう⁉　だが、父親が娘に会いに来て何がおかしい！」

今日アルヴィドに応対しているのは、まだ若い騎士だった。彼は身分もあまり高くないため、アルヴィドに強く出られないらしい。

周囲にいる騎士たちも経験豊富な方ではない。……セイディが、出て行かねばならないと思った。

「――あ、あのっ！」

手を伸ばしてそう言おうとすれば、不意に後ろから手首を掴まれた。

驚いてそちらに視線を向ければ、そこにはリオがいる。彼は「……大丈夫、一緒に行きましょう」とにっこりと笑って言ってくれる。

……どうやら、セイディの表情が硬いことや決意に気が付いてくれているらしい。

「何かがあったら、私が守るわ。……だから、そんな不安そうな表情はしないの」

その大きな手が、セイディの頭をなでる。

セイディからすれば、不安そうな表情をしているつもりはなかった。が、リオからすればセイディは相当不安そうな表情をしているらしい。

「……リオ、さん」

「大丈夫。……あんな奴の、好きにさせてたまるものですか」

それだけを言うと、リオが颯爽と出て行く。セイディも、それに続いた。

「オフラハティ子爵。……ここで、騒ぎを起こされると迷惑なのですが」

リオは表向きの丁寧な態度でアルヴィドに声をかける。そうすれば、彼は煩わしそうな表情を隠すことなくリオに向き合ったのだが――そのすぐそばにいるセイディを見つけると、その表情を一気に明るくする。

「おぉ、セイディ！　やはり、ここにいたか……！」

彼はにっこりというよりは、にんまりと笑うとセイディの肩に触れようとする。

だが、その手をリオがつかみ、セイディの身体を自身の方に引き寄せた。

自然とリオの胸の中にダイブする形になってしまい、セイディはほんのりと頬を赤らめた。……柄にもないが。

（こ、こんなの……！）

あまりにも恋愛経験がない所為で、こういうことになるとポンコツになるのがセイディである。視線を彷徨《さまよ》わせ、どうすればいいかと必死に思案する。

「おい、お前……！」

「言っちゃあなんですけれど、この子は貴方たちの許には戻りませんよ」

リオは丁寧な言葉でそう言う。けれど、その言葉の節々には隠し切れない怒りが含まれていた。

リオのその言葉にアルヴィドは明らかに怯んでいた。ほんの少し唇を震わせ、セイディに縋るように視線を向ける。

（これくらいで怯むのならば、来なければよかったのに）

そう思ってしまい、セイディはリオの顔を見上げた。すると、彼はほんの少しだけセイディに笑みを向けると、すぐにアルヴィドに向き直る。その眼光は今までセイディが見たことがないほどに鋭い。

「……私、貴方みたいな自分勝手な輩《やから》が大嫌いなの」

地を這うような低い声でそう言われ、アルヴィドが明らかに怯える。その目には確かな恐怖が宿っており、セイディもこくりと息を呑んだ。

今のリオの態度は殺気を向けられていないセイディでさえ、怯んでしまいそうなほどのものだ。

その証拠に、近くにいた騎士たちも息を呑んでいるのがよく分かる。

「さっさと帰りなさい。……そうじゃないと、私、何をするかわからないわ」

アルヴィドのことを強く睨みつけながら、リオはセイディを抱き留めていない方の手で剣のさやに触れる。

「だ、男爵家の子息ごときが、私に……！」

しかし、アルヴィドとて易々と帰るわけにはいかなかったのだろう。リオにそう叫ぶ。

それは火に油を注ぐ結果となったらしく、彼は剣の切っ先をアルヴィドの首元に当てた。その動きはとても素早く、目で追うことも難しいレベルだった。

「……言ったわよね。これが最終忠告よ。……帰れ」

いつものような高い声じゃない。本当に腹の底から出しているような低い声に、近くの騎士たちが震えあがる。

それはアルヴィドとて同じだったらしく、彼は逃げ出すように寄宿舎を後にした。

そんなアルヴィドの様子を眺めながら、セイディは「……リオ、さん」と彼の顔を見上げる。

「どうしたの？」

だが、次にセイディに視線を向けたときには、リオは普段のリオだった。それにほっと息をつくものの、セイディからすれば微妙な気持ちになってしまう。

アルヴィドから守ってくれたのは素直に嬉しい……と思う。でも、セイディはアルヴィドと向き合うつもりだった。追い返してしまっては、元も子もないじゃないか。

「いえ……私、その、向き合うつもりで……」

そっと視線を逸らしてセイディがそう言えば、彼は「あぁ、やり方、間違えちゃったわねぇ」と言いながらころころと笑う。

「ついつい、ね。あの男が貴女に触れようとしたから……怒りが抑えきれなくて」

「そ、そういう問題、じゃ……」

実際、怒りが抑えきれないからと言って、相手に剣の切っ先を向けてしまえば大問題だ。

そんなことをしてしまえば、リオの立場が危うくなる。そういった心配をするセイディの考えを理解しているのか、彼は「別に、普通に怒っているときはあそこまでしないわよ」と言いながら肩をすくめる。

「貴女のためだから、あんなにも怒っただけよ」

「……私のため、ですか？」

「本当に鈍いわよねぇ。……とりあえず、奥に引っ込みなさい。……次は、手加減してあげるから」

どうやら、次があるらしい。

まぁ、アルヴィドとてこれくらいではあきらめないだろうから、それはある意味正解なのだろう。

そう思いながらセイディが一人考えていれば、後ろから「リオ」と声が聞こえてくる。そこには、何処となく疲れ切ったような表情をするアシェルがいた。

「リオ。お前、一般人に剣を向けるな。……問題になるぞ」

彼は額に手を当てながらそう言う。……どうやら、彼はセイディと同じ心配をしているらしい。対するリオは「いやねぇ、そんな問題になるようなことをしないわよ」と言いながら手をひらひらとさせていた。

「いざとなったら……上手に始末しておいてあげるわ」

「本当にそういう問題じゃない」

アシェルとリオは物騒な会話をさも当然のようにするものの、セイディからすれば「それはそれで問題なのでは……?」という感じである。

（お父様、己の身が可愛いのならば、こちらに来ない方がよろしいですよ……）

セイディは心の中でそう零す。

アルヴィドは生粋の貴族である。そのため、騎士に殺気を向けられることには慣れていない。だからこそ、あんなにも怯んだのだろう。

（まぁ、そんなことを思ったところで、お父様は……）

間違いなく、こちらに来るのだろうが。

アルヴィドは妻――セイディの継母マデリーネに逆らうことが出来ない。何処となく気弱な彼は、気の強い妻の言いなりなのだ。

もしも、アルヴィドがこちらにやってくることに継母マデリーネが関わっているのならば。間違いなく、そう簡単にあきらめはしないだろう。……まったく、面倒である。

「……まぁ、いい。リオ、セイディの側に居てやれ」

しかし、すぐ近くから聞こえてきたアシェルのその言葉に、セイディは目を見開く。

リオは何でもない風に「はぁい」と言っているが、セイディの側に居るなど仕事が溜まって仕方がないだろう。

「そ、その、お仕事の方は……」

遠慮がちにアシェルにそう声をかければ、彼は「クリストファーが本部に入ったからな。別に問題はない」と言いながら首を横に振っていた。

「二人体制になったところで、今まで通りというやつだ。ついでに団長を捕まえればいい」

「……あはは」

それはそれで、重労働なのでは？

そう思ったものの、セイディにはそれに関して口出しする権利がないのだ。

自分の隣で

アルヴィドとほんの少しだけ向き合ってから、大体二週間が過ぎた。

あれ以来、アルヴィドはセイディの前に姿を現していない。どうやら、リオの脅しが彼にとてもよく効いたようだ。

(かといって、油断するわけにもいかないのよねぇ……)

いつアルヴィドが訪ねてくるかわからない以上、セイディは常に気を引き締めていないといけない。

それはひどく疲れるものの、どうしても必要なことなのだと自分自身に言い聞かせた。

「セイディ、大丈夫?」

そんなことを思っていれば、隣にいたリオに声をかけられた。

リオはアシェルに命じられ、半日ほどセイディにつくことになった。残りの半日は、別の騎士がついてくれている。

『光の収穫祭』が終わったためか、この時期の騎士団や魔法騎士団はふわっとした空気らしい。今が一番平和な時期なのだと、リオは笑いながら教えてくれた。

「そういえば、もうじき新人募集の時期なのですよね」

不意に思い出してリオにそう声をかければ、彼は「えぇ、そうよ」と言いながら窓を拭く。

せっかくリオがいるのだから、普段は出来ない仕事をしよう。そう思い、セイディはリオと二人で窓拭きに勤しんでいた。

ちなみに、騎士団や魔法騎士団の新人募集は冬にある。冬の間に選考を済ませ、合格者が春に新人騎士や新人魔法騎士として入団するのだ。

去年はクリストファーとルディ。それからオーティスの三人が合格者であったと聞いている。

「毎年、どれくらいの人が合格するのですか？」

「そうねぇ。ばらつきはあるけれど、大体三人から六人ってところよ。前年度に辞めた人数が多いときは、その分多くとるようにしているのだけれど」

どうやら、騎士団には騎士団の事情があるらしい。そんなことを思いながら、セイディは窓を拭く。

余談にはなるが、窓の高い場所はリオが拭いてくれているので、セイディは低い場所を担当していたりする。

「……そういえば、セイディ。これは、いつか言わなくちゃいけないことだったのだけれど」

ふとリオが真剣な声音で何かを告げてくる。それに驚いて彼の顔を見上げれば、彼はほんの少し寂しそうな表情をしていた。

「あのね、騎士団や魔法騎士団は、二十五歳前後で大体みんな辞めてしまうわ」

彼の言っていることは、セイディも知っていた。

家庭を持てば、それだけ騎士や魔法騎士として勤めることは難しくなる。だからこそ、二十五歳前後でみな辞めていくのだ。それくらいが、男性の結婚適齢期と言われているから。

「……えぇっと」

「つまり、団長や副団長はもうじき辞めるということよ」

リオのその言葉に、セイディは思わず目を見開いた。

確かにアシェルやミリウスは二十三歳。つまり、彼らは長く見積もってもあと一年と少しでここからいなくなってしまうのだ。

（なんというか、不思議な感覚ね）

今まで散々世話になってきた相手が、いきなりいなくなるのかと思うと寂しさを覚えてしまう。けれど、彼らには彼らの事情があるのだ。特にアシェルは嫡男であるし、ミリウスは王弟だ。長々とここに在籍するのは難しいということだろう。

「……あの、リオ、さん」

「なぁに」

セイディが声を上げれば、リオは優しく言葉を返してくれる。そのため、セイディは意を決する。

「……私、恩返しがしたいです」

そして、彼の目をしっかりと見つめてそう言った。

「……恩返し？」

「はい。お二人が辞めるまでに、私、何とか……その」

恩返しをしたいと言ったまでは良いが、具体的に何をすればいいかがこれっぽっちもわからない。そんなことを思い、セイディが目を伏せれば、リオは「必要ないわよ」と言って笑った。

「……ですが」

リオの言葉に納得できないでいれば、彼はゆるゆると首を横に振った。

「そんな、張り切るようなことじゃないわ。団長も副団長も、貴女にしてほしいことはたった一つだけだもの」

まるで、何もかもわかったような口ぶりだった。

それに驚きながらセイディがリオのことを見つめれば、彼は口元を緩めて言葉を続ける。

「――貴女が、幸せになることよ」

と。

セイディが幸せになること。それのどこが彼らへの恩返しになるというのだろうか。

そう思っていたセイディの気持ちはしっかりとリオに伝わっていたらしく、彼は「副団長は、貴女のことを妹分として可愛がっているでしょう？」と言う。

「……はい」

「妹分の幸せが、副団長にとって一番の幸せよ」

窓の外に視線を向けながら、リオがそう告げてくる。……そう、なのか。

「それに、団長は団員たちの幸せが自分の一番の幸せだと思っているの。……貴女も、メイドとはいえ私たちにとっては大切な仲間だもの」

しかし、その言葉には少々照れてしまうかもしれない。

仲間だと言われたことは、純粋に嬉しい……の、かも。

だからこそ、セイディは「……はい」と小さく言葉を返す。

「さぁて、ここら辺は終わりね。……そろそろ、移動しましょうか」

最後の窓を拭き終えたとき、リオは笑ってそう声をかけてくれた。そのため、セイディも頷く。

ちょうどセイディも最後の窓を拭き終えたところだったのだ。

「じゃあ――」

リオが歩き出そうとするので、セイディは咄嗟に彼の騎士服の袖を引っ張る。

それから、驚いたように振り返った彼の顔を見上げた。

「あ、あのっ！　リオさんや皆様にとっても、私の幸せって、恩返しになり……ますか？」

そう問いかければ、リオは驚いたように目をぱちぱちとさせていた。

そんな彼の態度にいたたまれなくなり、セイディは「へ、変なことを言ったのならば、忘れてください っ！」と言って顔を背けた。

「……いえ、別に変なことを言ったわけじゃないのよ」

対するリオはそう言ってくれる。しかし、いたたまれない気持ちは消えてくれない。

その所為でセイディが俯いていれば、彼はにっこりと笑ってくれる。

「そうねぇ、そうかもしれないわね」

そして、彼はそう言葉を続けた……のだが。

「でも、私は……ううん、一部の人は、少し違うかも」

彼は肩をすくめながらそう言った。

その言葉を聞いて、セイディは「……やっぱり、そうですよね」と言うことしか出来ない。

（やっぱり、私の幸せが皆さまへの恩返しになるとは思えないわ）

そう思い納得していれば、リオは「でも、貴女の思っていることと、私が思っていることは違うわ」と言ってきた。

「どういう意味、ですか？」

彼の言葉の意味が分からずに、セイディはそう問いかける。

実際、リオもセイディと似たようなことを考えているのではないだろうか？

そう思っていれば、彼はにっこりと笑って言葉を紡いだ。

「……好きな子が、別の人の隣で笑っていたら、嫌でしょう？」

……好きな子。先ほど、聞き間違いではなければリオはそう言った。

その言葉の意味が、セイディにはいまいちよく分からない。

「え、えぇっと……」

「クリストファーだったら、きっとそうよ」

何でもない風にそう言われ、セイディは納得してしまった。

彼の言っていることはある意味正しいはずだ。好きな人が別の人の隣で笑っていたら。それは失恋を意味してしまう。

セイディはクリストファーのことを振ってはいるが、彼はあきらめないと言っていた。それはつまり、そういうこと。

「好きな子くらい、自分の隣で笑っていてほしいものじゃないかしらねぇ」

くすくすと笑いながら、リオはそう言う。

……その言葉は、リオ自身のことなのか。はたまた、別の人のことを想像して言っているのか。

それがわからずにセイディが考え込んでいれば、彼はぱちんとウィンクを飛ばしてくる。

「貴女、今、変なことを考えているでしょう？」

そう問われ、セイディは視線を逸らした。そうだ。人の恋路に首を突っ込めば馬に蹴られる。ならば、黙っているのが一番だ。

そんな風に思ったセイディは、「そう、ですね」と認めた。が、その後に「なので、考えないようにします」と続けるのも忘れない。

「……そうね。それで、いいのよ」

セイディのその言葉を聞いて、リオはそう言ってくれた。どうやら、先ほどのリオの言葉は彼自身の気持ちではないらしい。それに安心して一息ついていれば、彼は「ほら、行きましょうか」と言ってすたすたと歩き出す。

なので、セイディは彼の後に続いた。

（……私の幸せが、恩返しになるの、ならば）

ならば、恩返しをするべきなのだろう。そう思っても、先ほどのリオの言葉が頭の中から消えてくれない。

――好きな子くらい、自分の隣で笑っていてほしい。

その言葉の意味が、セイディにはいまいちよく分からない。

それは、恋をしたことがないから？　それとも――人を好きになることに、臆病だから？

（あぁ、どっちも、か。私は人を好きにはなりたくないし、恋なんてしたことがない。その所為で、分からないのね）

内心で納得し、セイディは前を歩くリオの背中を見つめる。パトロールから帰ってきた騎士たちにあいさつをしながら、リオはセイディのペースに合わせて歩いてくれた。

それをありがたく思いながらも、セイディは目を伏せてしまう。

（私は……どうするのが、一番正しいのかしら？）

ミリウスに言われて、元家族に向き合う覚悟はできた。でも、リオの言うことが真実なのだとすれば――セイディは、一体どうすればいいのだろうか？

（私は、どうすればいいの？　それに、ずっと一緒にいたのに、私は彼らの本心をなにも知らない……。バカ。バカバカっ！　私は、本当にバカだわ……！）

下唇を軽く噛みながら、自分にそう言う。こんなんじゃあ――騎士たちに、恩返しなんて出来ないじゃないか。

何処となく悲しい気持ちになりながら窓の外を見つめれば、窓の外にはどんよりとしたような雲が立ち込め始めていた。もしかしたら、今日も一雨降るかもしれない。

（どうか、何も起きませんように）

もしも、これが嫌な予感なのだとすれば。この胸の中に渦巻く気持ちが、嘘ではないのだとすれば。

——これから、ろくなことが起きない。

そう、思ってしまった。

借金取り

「あー、どうしようかな……」

その日、セイディは厨房にて一人悶々としていた。明日の朝食用の卵が少々足りないのだ。

普段ならば業者の搬入を待つのだが、生憎と言っていいのか搬入は三日後。卵は朝食の貴重なレパートリーを担える素敵な食材。つまり、三日も待つという選択肢はない。

「ほかの食材だったらまだしも、卵はちょっとなぁ……」

頭を掻きながら、セイディはそう呟く。時計の針を見つめれば、まだ王都の店は開いている時間帯だ。

ここは、ちょっと街の方に足を運んで卵を買いに行った方が良いだろう。

「よし、行こうっと」

あまり勝手な行動をするなとアシェルにはきつく言われている。セイディだってそれは守るつもりだし、基本的には彼の言うことに従うつもりだ。

ただ、今回ばかりは仕方がないのだ。食事は騎士たちにとって大切なもの。自分のものならば我慢もできるが、彼らの仕事は重労働に当たる。それに、危険が伴う。つまり、食事の量を減らすという選択肢は初めからない。

そう思い、セイディは部屋に戻り素早く着替える。幸いにも本日は半休であり、午後からは暇だった。

そんな中、明日の朝食のメニューをどうしようかと思案し、いっそ厨房で食材でも見るか……ということで厨房に来ていた形だ。

「ちょっと、出かけてきますね」

籠を持ってセイディが近くにいた騎士に声をかければ、彼は「……一人で、大丈夫ですか？」と問いかけてくる。

なので、セイディはすぐそこまで買い物に行くだけだと伝えた。

（ここ最近、お父様も顔を見せていないし、大丈夫……だと、思いたいわ。どうせだし、ヤーノルド伯爵領の方に帰ったと思いたい）

それはいささか楽観視しすぎだと自分でもわかっている。が、そもそもこの時間帯ならば人通りも多いし、危険はそこまで伴わないはずだ。

「大丈夫です。すぐに戻ってきますし、人通りの多い道を行きますから」

にっこりと笑ってそう告げれば、彼は「……はい」と返事をしてから苦笑を浮かべた。

大方、今のセイディにはもう何を言っても無駄だと悟ったのだろう。

彼の隣を通り抜け、セイディは歩く速度を速めた。

季節的な問題で、日が暮れるのはかなり早い。出来る限り早く買い出しを済ませてしまわなければ。

（あんまりこういうことが褒められたことじゃないことくらい、分かっているんだけれどね……）

騎士団の備品や食材を買い出しに行くのは、セイディの仕事ではない。基本的には騎士が交代で行う仕事だ。

けれど、セイディはその買い出しに同行することも多いので、店の場所などはよく覚えていた。物に関しては銘柄なども覚えているし、一人で買い出しだってできるのだ。……周囲が、過保護なだけである。

それに、アシェルには何度も言うように注意ばかり受けている。一人で出歩くなど言語道断だと言われるだろう。でも、何も危険なことがないのならば一人で出向いた方が良い。彼らの仕事の妨げにはなりたくない。

人通りの多い道を選びながら、セイディは街に入っていく。いつもの食材屋で必要な量の卵を購入し、適当にほかに必要な調味料なども買い足しておく。

（えぇっと、この金額だと……）

突然のことなので、お金はもらってきていない。セイディが一時的に立て替える形になってしまった。

だが、これもいわば騎士団の経費。無駄遣いは許されない。

（うーん、そういえばタオルが古くなっていたのよね……）

近くを通りかかった店で、タオルが売り出されているのを見たセイディはふとそんなことを思う。

……だけど、今日は止めておこう。

タオルなどならばアシェルに相談してからでも遅くはない。卵のように急遽必要なものではないのだから。

そう思い、セイディは街を出て行った。そのときだった。

「いたぞ！」

遠くからそんな声が聞こえ、誰かがセイディの方に駆けてくる。それに驚いて咄嗟に逃げ出そうとするものの、その誰かの走る速度には勝てず手首を掴まれてしまった。

「な、なんですかっ⁉」

そちらに視線を向け、そう叫ぶ。

すると、そこにいたのはいかつい数人の男性。……明らかに、やばい人たちだ。

そう思いつつ、セイディは頬を引きつらせる。

「お前、オフラハティ子爵家の人間だろ？」

そのうちの一人が、そう問いかけてくる。

……もしかしたら、アルヴィドの差し金かもしれない。

そう思い何の返事もせずに彼らを睨みつけていれば、彼らは紙のようなものを突き付けてきた。

「オフラハティ子爵の借金を、返してもらおうか！」

「……はぃ？」

いや、それは一体どういうことだ。

そんな風に思い、セイディはその紙――借用書を見つめる。借りた主は間違いなく『アルヴィド・オフラハティ』。返済期限はとっくの昔に過ぎている。

「お前、オフラハティ子爵の娘だろ？　父親の借金を返してもらおうか！」

男性の一人が、セイディにそう言って詰め寄ってくる。……金額は、一、十、百、千……。

（五百万とか嘘でしょう⁉）

予想もしていなかった大金に、セイディは気絶してしまいそうだった。が、気絶することは許されない。というか……。

「どうして私が返すんですか⁉」

自分が返済せねばならない意味が分からない。だって、自分はもうあの家とは無関係なのだから。

そういう意味を込めてセイディが気丈に言い返せば、借金取りの人間はにんまりと笑う。

「お前の父親がいつまで経っても約束を守ってくれないからな。関係者に行くのは当然だろう」

関係者。確かに、血のつながりはあるものの自分はすでに勘当されていて……。

（って、この人たちにはそんな事情関係ないわよね……）

彼らはお金さえ手に入れれば、それでいいのだ。それに、借りたものは返さなければならない。それは当然のことであり、幼児でもわかるようなこと。

しかし、セイディにはいくつかの疑問が浮かび上がる。

（……そもそも、お父様はマギニス帝国と癒着しているのよね？　ともなれば、金品はもらっていると思うのだけれど……）

そう思いつつ眉を下げていれば、借金取りの人間はさらに詰めよってくる。

「どうする？　返す？　返さない？」

しかも、セイディのことを見下ろしながらそう問いかけてきた。

だからこそ、セイディは彼らのことを気丈に見つめ返す。

「……いや、私、もうあの家とは無関係ですし」

そもそも、勘当されている自分が返すという選択肢はないだろう。

そんな風に思いセイディがそう言えば、彼は「だったら、連れて行くだけだ」と言ってセイディの手首を掴んでくる。

連れて行くとは、一体どういうことなのだろうか？

一瞬そう思ったが、借金取りが連れて行く場所なんてろくな場所じゃない。それがわかるからこそ、セイディは「嫌です！」といって必死に抵抗する。

「じゃあ、返すのか？」

「それも嫌です！　私の貯金じゃ足りませんから！」

五百万も取られてしまえば、セイディの貯金は底をつく。いや、底が抜けている。

それほどまでの大金、セイディが持っているわけがないのだ。彼らだってそれはわかっているだろうに……。

「じゃあ、働いて返せ！」

「そういうのは、お父様にお願いします！」

周囲の人間たちは何事かとこちらに目を向けてくる。が、助けてはくれない。触らぬ神に祟りなしとばかりに、セイディと借金取りのことを避けるだけだ。

そんな彼らを恨めしくは思わない。自分だって、他人だったら他人事にしてしまいたいと思うのだから。

「もうっ、本当に勘弁して――！」

そろそろ、いい加減にキレてしまいそうだ。

そう思い、セイディが借金取りに逆に詰め寄ろうとすれば、不意に誰かの手がセイディと借金取りの間に入ってくる。

その後、その人物は「俺の連れに、あまりちょっかいは出さないでほしい」と静かな声で告げる。

「……あぁ？」

「これでも腕っぷしには自信がある。……殴り合うのならば、それでも構わないが？」

その人物はそう言って借金取りを睨みつけていた。その人物の髪色は、きれいな赤。

それを見て、セイディはボソッと「ジャック様……」と呟いていた。

「そもそも、こんなところで取り立ては迷惑だ。……何だったら、魔法騎士団の方で話を聞くが？」

「く、クソッ！」

ジャックのその言葉に、借金取りたちは逃げていく。

彼らの後ろ姿をセイディがぼんやりと見つめていると、助けてくれた彼――魔法騎士団の団長であるジャック・メルヴィルはセイディに視線を向けてくる。彼の視線はまるでセイディのことを憐れんでいるようだ。

「お前、どうしてこんなにも面倒ごとに巻き込まれるんだ……」

「……さぁ？」

「トラブルメーカーとは、お前のことを言ったものだな」

そう言って、ジャックが「はぁ」と露骨にため息をつく。そんな彼の様子を見つめながらも、セイディはぺこりと頭を下げた。

「助けてくださって、ありがとうございました」

彼にそう声をかければ、彼は「いや、構わない」と言うだけだ。

「ところでだが、お前が借金をしたとは思えないんだが……」

ジャックがそう問いかけてくるので、セイディは苦笑を浮かべてしまう。

「……いえ、お父様の借金らしくて」

苦笑を浮かべたままそう言えば、彼は何とも言えないような目になっていた。まるで呆れかえっているようだ。

「お前、実家を勘当されていなかったか？」

その目のまま、彼はそう問いかけてくる。確かに彼の言っていることは間違いない。セイディだって、そう思っている。

「そうですね。ですが、借金取りの人たちにとっては、そんなことは関係ないみたいです」

「まぁ、そりゃそうだな」

「あんな金額を取られたら……私の貯金が底をつきます。いえ、底が抜けます。全然足りません。マイナスです」

「その例えはどうなんだ」

セイディがあまりにも神妙な面持ちで頓珍漢なことを言うためか、ジャックはそんなことを言ってきた。

「……まぁ、何とか間に合ってよかった。……実は、今日は休暇でな」

「そうなのですか」

「あぁ、街の方でお前を見かけたんだが、どうせ大丈夫だろうと放っておいた。が、途中から嫌な予感がしたからこっちに来たんだが……そうしたら、このざまだ」

「……本当に、ありがとうございます」

もしも、ジャックがこの場を通りかかってくれなかったら……と思うと、さすがのセイディでもぞっとしてしまう。

そのため、セイディが出来る限りにっこりと笑ってお礼を告げれば、彼は口元を押さえてしまった。

……何か、まずかっただろうか？

「ジャック様？」

「い、いや、何でもない。とにかく、送るから行くぞ」

「あ、はい」

ジャックがすたすたと歩いていくのに続いて、セイディも騎士団の寄宿舎に向かって歩き出す。

彼は何処となく早歩きだったが、セイディのことを労わってくれているのか徐々にスピードを落としてくれた。それをありがたく思いながら、セイディは彼の後に続く。

それからセイディがジャックに連れられ騎士団の寄宿舎に戻ると、そこにはリオがいた。

彼はジャックと共に戻ってきたセイディを見つめ、安心したかのようにほっと息を吐く。

「セイディ！　何処に行っていたのよ……！」

そして、彼はジャックが立ち去ったのを見て、開口一番にそう告げてきた。

そんな彼から、セイディはそっと目を逸らす。さすがにこの空気の中、卵を買いに行っていたと言えるわけがない。そもそも、リオはセイディを心配してこう言ってくれているのだ。

「……すみません」

もう、言い訳のしようがない。そう思うからこそ、セイディが目を伏せて謝罪をすれば、彼ははぁと露骨にため息をつく。

「まぁ、無事だったからよかったのだけれど……」

彼はそう言う。が、その言葉にセイディは引っかかってしまった。

まるで、まだ何か伝えたいことがあると言いたげだ。

「あの、リオ、さん？」

「どうしたの？」

「何か、私に伝えることがありますよね……？」

恐る恐るそう問いかければ、彼は眉を下げてしまう。

「……あるといえば、あるんだけれど……」

彼の口ぶりからするに、あまりいい話ではなさそうだ。

それがわかるものの、セイディからすればどれだけ胸糞悪い話でも、聞いておきたいという気持ちがある。何故ならば、それが実家の情報ならばなんとしてでも手に入れておきたいからだ。

「そうねぇ。……まぁ、伝えた方が良いことには、変わりはないわね」

リオはそれだけをぼやくと、すぐにセイディの真っ赤な目をまっすぐに見つめてくる。

彼のその真っ青な目には、どんな感情が宿っているのかがよく分からないな。

そう思いつつ、セイディが小首をかしげていれば、彼はゆるゆると首を横に振りながら言葉を発する。

「貴女の実父……オフラハティ子爵が、緊急搬送されたそうよ」

「……え？　それって」

「まぁ、簡単に言えば倒れていたところを通行人が見つけた。そのまま今、王都のとある病院に入院しているわ」

それは、セイディにとっても聞き捨てならないことだった。

しかし、倒れた理由がいまいちよく分からない。もしもお酒の飲みすぎとかならば、自業自得だと言えるだろう。

だが、もしも。

最悪なシナリオが頭の中に思い浮かび、セイディは「お父様は、何処の病院に⁉」と勢いよく問いかけてしまう。

「そこまでは、言えないわ」

けれど、リオはセイディの問いかけに答えてはくれなかった。

多分、セイディが勝手な行動をすると思っているのだろう。実際、セイディのやろうとしていることは無茶な行動なのかもしれない。だが、どうしても。どうしても……アルヴィドの許に行かねばならないような気がした。

「お願いです。どうか、教えてくださいませんか……?」

ぎゅっと手のひらを握って、もう一度そう問いかける。

すると、彼は「……貴女、何かがあったの?」と逆に問いかけてきた。

……そりゃそうだ。この間まで徹底的に逃げ回っていたというのに、突然会いに行きたいと言っているに等しいのだから。

「……い、いえ、その」

が、言えるわけがない。アルヴィドが――帝国の魔の手にかかっているかもしれない、だなんて。

(言えない、言っちゃ、ダメだもの。ミリウス様が、そうおっしゃっていたじゃない……)

もうリオやアシェルの耳には入っているはずだ。でも、言えない。

一人葛藤するセイディを見てか、リオは呆れたようにため息をついた。

「……わかったわ。でも、一つだけ条件を出す」

彼はセイディの目を見つめながらそんな言葉を紡いだ。

そのためセイディは頷く。そんな彼女の顔を見たからなのか、彼は「負けたわ」と言いながらやれやれとでも言いたげな表情を浮かべていた。

「ただ、言っておくけれど、一人で突っ走るのはダメよ？　後始末をするのは、こっちなんだから」

「……はい」

「なーんて、冗談だけれどね。セイディが突っ走ったことによって発生する後始末なんて、微々たるものだもの。……そう、団長に比べれば……」

最後の最後に付け足された言葉は、彼の日頃の恨みがこもっているようだった。

それにセイディが何とも反応できないでいれば、彼は言葉を続ける。

「王都の、南側にある病院よ。ただし、貴女一人ではいかせられないわ」

「……はい」

「誰かを一緒に連れていくこと。それが条件。それに、あの人には重大な犯罪の容疑がかかっている……とも、団長から聞いているし」

リオは何でもない風にそう言うが、その言葉にセイディはぎくりとしてしまう。……つまりは、そういうことなのだろう。

「あと、今日はもうダメよ。……後日、追々、ね」

「……はい」

「貴女がそんな風にしょげているのを見ると、なんだかとても悪いことをしているように感じるわねぇ」

セイディの返事にあまりにも覇気がないためなのか、リオはそう零す。

それに強く反応することも出来ずに、セイディは視線をリオから逸らしていた。

（もしも、帝国が内通者であるとバレてしまった可能性のあるお父様を邪魔に思って、始末しようとしたのならば……？）

ならば、今のうちに情報を引き出しておかないといけない。

そう思うからこそ、セイディは手のひらをまたぎゅっと握っていた。

真実のかけら

アシェルやミリウスと相談し、セイディがアルヴィドに会う許可が出たのはそれから五日後のことだった。

騎士団所有の馬車に乗り、セイディはアルヴィドが入院しているという病院へと向かう。

（……お父様）

セイディの小さなころからレイラばかりを贔屓し、セイディのことは蔑ろに近かった実の父。それでも、親ということからかいろいろな感情がこみあげてきてしまう。

……破滅するのならば、勝手にどうぞという感じだった。けれど、セイディの脳裏に浮かんでしまった一つの可能性を考えると……そうとは、思えなくなってしまう。

(ううん、きっと気のせいよ)

でも、その可能性をねじ伏せるかのように心の中でそう呟く。そして、そっと視線を窓の外から馬車の内部に移す。

セイディの目の前にはクリストファー。それからミリウスが腰掛けている。

クリストファーはリオに頼まれ直々にお目付け役兼護衛としてこの仕事を割り当てられたそうだ。ちなみに、ミリウスは勝手についてきているだけ。騎士団が用意した馬車に乗り込もうとしたら、すでに彼が乗っていた。それだけだ。

「お父様は、アーリス病院に入院されているのですよね?」

ミリウスにそう問いかければ、彼は「あぁ、そうだぞ」と何でもない風に教えてくれる。

アーリス病院とは、王都の中で最も魔法や魔術関係に強い病院だということだ。アルヴィドは倒れた際、一度は別の病院に運ばれたそうだが、状態からそちらに転院したということだった。

「……あの、セイディ、さん」

そんな風に一人で考え込んでいると、不意にクリストファーが声をかけてきた。なので、セイディは彼に視線を向ける。

「……僕は、その」

すると、彼はそこまで言って視線をセイディから逸らした。が、すぐに意を決したようにセイディに視線を戻す。

「セイディさんのお父上を、悪く言いたくはありません」

「……はい」

「けれど、何があったのだとしても……その、セイディさんが心配する必要は、ないとは思います」

目を伏せて、クリストファーがそう言う。

確かに、彼の言葉は正しい。セイディはあの家で虐げられてきたに等しいのだ。普通ならば心配する必要などないはず。

それは、分かっている。が。

「……私、一つだけ変な可能性が思い浮かんでしまって」

「変な可能性、ですか？」

セイディのつぶやきを、クリストファーが繰り返す。なので、セイディは頷いて彼とミリウスに視線を向けた。

「その……お父様は、ジャレッド様と同じ状態なのでは、と思いまして」

セイディの元婚約者ジャレッド・ヤーノルド。彼は帝国の魔法騎士アーネストによって、魔法で操られていた。もしかしたら、アルヴィドも同じような状態なのでは……と思ってしまったのだ。

「だが、アルヴィド・オフラハティはずっとあの性格だっただろう？　アーネストが何かをしたとは、考えられない」

突拍子もなくミリウスが口をはさんでくる。彼の言っていることも、間違いない。

「でも、お父様は……その、臆病な性格で、大胆な行動には出ないはずなのです」

アルヴィドはジャレッドのようなタイプである。人に強く言われれば逆らえないくせに、無駄にプライドが高い。そのくせ臆病で変なところで気が弱い。

……そう。その性格のままならば、『マギニス帝国と癒着する度胸などない』はずなのだ。

「お父様は、元から気が弱いお方です。なので、ミリウス様がこの間おっしゃったようなことを、素面《しらふ》で出来るわけがないと、思いまして」

一応クリストファーがいるので、話の内容はぼかしておく。

だが、どうやらミリウスにはそれで十分伝わったらしい。彼は「ふぅん」と返事をした後、「……ってことは、つい最近だと思うのか？」と言う。

「……多分、ですが」

アルヴィド……いや、オフラハティ子爵家が一体いつからマギニス帝国と癒着していたのかは、はっきりとはしない。

しかし、もしもセイディの予想が正しいのだとすれば……アーネストやジョシュア以外にも、いると思ってしまう。帝国の、刺客が。

（アーネスト様がお父様に何かをしたとは、考えられないわ）

何故そう思ったのかは、割とはっきりとしている。きっと、アーネストはそういうことはしないのだ。

だって、アーネストが末端子爵家の当主を操ったところで、彼にはメリットなど生まれない。どうせ操るのならば、高位貴族の当主を操った方がメリットになるし、王国を彼の望み通りめちゃくちゃにすることが出来るからだ。

（……そうなれば）

アルヴィドを意のままに操ることが出来る人物で、操る相手が『アルヴィドでなければいけなかった』人物。

……そう、そうなれば、考えられるのは――……。

「……お義母様」

アルヴィドはセイディの継母にべた惚れだった。もしも、彼女が帝国と癒着し、お金のためにアルヴィドさえも操っていたのだとすれば。

「……ううん、それは、さすがに」

それはさすがにないだろう。考えすぎだ。そう思い、セイディは目を伏せた。

そんなことを考えている間に、馬車はアーリス病院の前にたどり着いた。


アーリス病院にたどり着くと、真っ先に医師が出迎えてくれた。そして、彼に病院内を案内されながらアルヴィドが入院しているという病室へと向かう。

「……なぁ、セイディ」

何も言わずに歩いていれば、不意にミリウスがそう声をかけてきた。

なので、セイディが彼の顔を見上げ、少し間を空けて「はい」と返事をする。それを見てか、彼は頭を掻いていた。

「……無理だけは、するなよ」

その後、彼はそう続けた。

「何かがあったら、俺とクリストファーがついているわけだし、遠慮なく頼れよ」

「……はい。と言いますか、ミリウス様は勝手についてこられただけでは？」

彼の言葉に小さな疑問を抱けば、彼は「そうだな」とあっけらかんと答える。

「まぁ、俺も少し気になることがあったからな。……ちょっと、会ってみようかと思って」

しかし、彼は何でもない風にそう言う。

ミリウスが気になることとは、一体何なのだろうか？

セイディがそう思っていれば、医師は「こちらでございます」と言って一つの扉に視線を向ける。

その扉の周辺には、警護なのか数名の男性が待機していた。

「殿下のおっしゃった通りに、警護を置いております。……しかし、殿下。あの男性に何か……？」

「いや、こっちの都合だ。……ちょっとした犯罪の重要人物かもしれないっていうだけだよ」

それだけを告げ、ミリウスは病室の扉をノックもなしに開く。

彼の行動に驚きつつも、セイディは慌てて後に続く。すると、病室の寝台には誰もいなかった。

……ただし、一人の男性が立って窓の外を見つめている。

「……お父様」

その後ろ姿を見つめ、セイディはそっと彼に声をかける。そうすれば、その男性はゆっくりと振り向いた。

あまり、顔色は良くないだろうか。この間のような覇気もなく、ただぼんやりとしているようにも見える。

「……パトリシア、か？」

そして、男性――アルヴィドがそう声を上げる。

「……えぇっと」

だからこそ、セイディは戸惑った。彼の口走った名前は、知らない人物の名前だったからだ。

「……どうして、ここにいるんだ。というか、どういうことだ……？」

彼の視線は、ミリウスとクリストファーに注がれた。が、すぐにその視線をセイディに戻す。

「……どうしてそんな恰好を」

「……お父様？」

「どうして、そんな質素な格好をしているんだ」

何かが、おかしい。

そんな風に思いつつセイディが目を見開けば、セイディのことを庇うようにミリウスが前に立つ。

「……お前、自分が何者かわかるか？」

低い声で、ミリウスがそう問いかける。

その所為だろうか。アルヴィドはゆるゆると首を横に振った。

「……アルヴィド・オフラハティだ」

「じゃあ、こいつのことはわかるか？」

「……多分だが、パトリシア・コリーン・オフラハティ。いや、セイディ・オフラハティだと思う。私の娘……だろう」

どうして、彼はセイディを見つめて「多分」などと言うのだろうか。

そんなセイディの疑問は、あっという間に解決してしまった。

「セイディは、そもそも――」

――まだ、三歳にも満たない子供だったと、思うのだが？

そう言ったアルヴィドの声には、嘘などこれっぽっちも含まれていないようにも聞こえてしまう。

「え？」

彼のその言葉に、セイディが戸惑う。だが、ミリウスは何かに納得したかのように大きく頷いた。

話に、ついていけない。

「あ、あの、どういう……？」

恐る恐るミリウスに声をかける。しかし、それよりも先にアルヴィドが声を上げた。

「……あいつは、どうしたんだ？」

彼の言う「あいつ」とは、一体誰のことなのだろうか？　セイディの継母、マデリーネのことだろうか？　それとも、異母妹であるレイラのことだろうか？

「えぇっと、お義母様のことですか？　それとも、レイラのこと……」

「何を言っているんだ。お前の母であるパトリシアのことだろう」

セイディの継母の名前は、何度も言うようにマデリーネだ。

決して『パトリシア』という名前ではない。それに、その名前は彼が先ほど口にしたものだ。

「……それは、誰、ですか？　私の継母はマデリーネという名前です」

静かにそう訂正をすれば、彼は頭を抱えた。彼の口からは震える声で「一体、何がどうなっているんだ……」という言葉が零れていく。

その次の瞬間――アルヴィドの身体が、傾いていく。

「お父様っ！」

その場に倒れこんだアルヴィドのことを見て、セイディは慌ててそちらに駆け寄ろうとした。なのに、ほかでもないミリウスに止められてしまう。

「……あの」

「お前に、何とかできることじゃない」

ミリウスが冷静な声でそう告げてくる。それに驚き目をぱちぱちと瞬かせるものの、実際にそうなのだ。……今のセイディに、出来ることは何もない。それを実感し、ぐっと下唇を噛む。

「……魔法の類《たぐい》、だな。……セイディ、とりあえず外で話をするぞ。クリストファーは、一応ここに残ってくれ。何かがあったら知らせろ」

「は、はいっ！」

セイディの手を引いて、ミリウスが病室を出て行く。

彼のいきなりの行動に戸惑いつつも、セイディがついて行けば彼がやってきたのは病院の休憩室のような場所だった。

休憩室にはお茶を飲むためのティーセット、さらには軽食などが売られている。が、ミリウスはそれらを無視し、ソファーに腰掛ける。

「さて、セイディの父親……アルヴィド・オフラハティの状態について、話をするか」

セイディのことを見据え、ミリウスがそう言ってくる。

だからこそ、セイディもミリウスから少し間隔をあけてソファーに腰を下ろす。

「……はい」

「一つ目。アルヴィド・オフラハティは魔法によって操られていた。……ここまでは、大体セイディの予想通りだ」

「……はい」

「次に、二つ目。それが始まったのは……セイディが三歳にも満たない時期、らしいな」

「え？」

ミリウスの言葉に、セイディは思わず素っ頓狂な声を上げてしまった。

対するミリウスは「驚くのも、無理はないだろう」と言いながらセイディの目をまっすぐに見つめてくる。

彼の眼光は、とても鋭い。

「だが、先ほどアルヴィド・オフラハティは言っていただろう？　セイディはまだ三歳にも満たない子供だと」

「……あ」

その言葉は、セイディもしっかりと聞いていた。そのため、少し戸惑ったように頷く。

「ジャレッド・ヤーノルドのケースからして、魔法で操られている間の記憶はないと考えて妥当だ」

……それは、つまり。

セイディの頭の中に嫌な予感が駆け巡り、背筋をツーッと嫌な汗が伝う。

「……あの、お父様って、ずっと操られていたということですか？」

ほぼ確信を持ちつつも、恐る恐るそう問いかければ彼は大きく頷いた。それは肯定を意味している。

「確かに元々あまり貴族には向いていない人物だっただろうな」

「……はい」

ミリウスの言葉は、容赦ない。けれど、セイディも祖父母が常々「アルヴィドは貴族に向いていない」と言っていたのを何故かよく覚えていた。なので、彼のその言葉には同意できる。

「その、一つだけ、お尋ねしても」

「あぁ」

「お父様を操っていた人物を、特定することは可能でしょうか？」

まっすぐに彼の目を見てそう問いかける。そうすれば、彼は少し考える様子を見せた。

その顔は絵になるほど美しい。ミリウスも黙っていれば、大層な美形なのだ。

「……無理、かもしれないな」

が、彼の紡いだ言葉はセイディの期待を木っ端みじんにするには十分すぎた。

……そうか、無理なのか。

「だが、先ほど微量に発せられていた魔力の感覚からしてそこまで強い術者ではない。アーネストのような人物……つまりは、帝国の上層部の人間である可能性は低いだろうな」

彼が至極真剣な面持ちで、そう言ってくれる。

だが、その言葉には問題点しかない。帝国の上層部の人間が術者ではないとすれば、一体どんな人物が術者だというのだろうか。

（そうなれば、帝国の人間から魔法を教えてもらった、もしくは、そこまで力が強いわけではない帝国の人間……と考えるのが、妥当なのかも）

その可能性にたどり着くものの、セイディの頭はかなり混乱していた。

いきなり実父が実は操られていましたと言われたところで、理解できるわけがない。理解しようとしても、上手く出来ない。

そう思いながら眉を顰《ひそ》めていれば、ミリウスは露骨に肩をすくめる。

「ジャレッド・ヤーノルドにしろ、ああいう奴は操りやすいんだろうな」

「……と、言いますと」

「ああいうプライドが高いのに気弱なタイプは、操りやすい。アルヴィド・オフラハティにしろ、格好の獲物だっただろうな」

「そう、ですか」

その言葉は妙に納得できる……はず、なのに。

何処となく違和感が胸の中でくすぶっていく。

どうして、アルヴィドだったのだろうか。

だって、アルヴィドのようなタイプはほかにもたくさんいる。さらに言えば、高位貴族を操った方が何度も言うようにメリットが大きいはずなのだ。

（……やっぱり、怪しいのは――）

――マデリーネ・オフラハティ。セイディの継母だろうか。

今思い返せば、セイディはマデリーネのことをほとんど何も知らないのだ。何処の出身だとか、どういった育ちをしたとか。

ほんの少しの情報は持っているが、それはまるで――そう。ハリボテのよう。それを裏付ける証拠の一つも、出てこないためだ。彼女の主観でしか、彼女のことを何も知らないのだ。

そう思い目を伏せていれば、遠くからクリストファーが早足でこちらに来るのが見えた。

「団長！」

彼が小声でそう呼んでくる。だからだろうか、ミリウスはそちらに視線を向けた。

「ちょっと、クリストファーのところに行ってくる。……ここで、待っていろ」

ミリウスはセイディの頭を軽く撫でると、クリストファーの方へと向かう。

撫でられた箇所の髪の毛が乱れているような気がして、軽く直す。でも、今はそれよりも考えるべきことが山積みだ。

（本当に、何もかもがめちゃくちゃだわ……。それに、不気味なほどに私の周りばかり……）

どうして、自分の周りばかりでこんなことが起こるのだろうか。

そんなことを思って下を向いていれば、不意にアルヴィドが『パトリシア』という名前を口にしていたことを思い出す。

（パトリシア。……それが、私のお母様のお名前）

その名前はセイディの生みの母の名前。名前も何も覚えていない実母の情報を、微かとはいえ手に入れることが出来た。だが、今はそれに歓喜している場合ではない。

そんなことを思いながら視線を天井に向けていれば、不意に遠くから「……お嬢様？」という声が聞こえてきた。その声を、セイディはよく覚えている。

「エイラ……？」

慌ててそちらに視線を向ければ……そこには、オフラハティ子爵家の侍女であるエイラがいた。

ゆっくりと彼女の名前を口にすれば、彼女は「お嬢様！」と言って早足でセイディの方に来てくれた。

「お嬢様！　ご無事だったのですね……！」

「えぇ、私、そう簡単に死ぬような人間じゃないから」

エイラの大げさな言葉にセイディが肩をすくめてそう返せば、彼女はちょっと微妙そうな表情を浮かべた。さすがに、この言葉はいただけなかったらしい。

「ところで、お嬢様はどうしてこちらに……？」

少し困ったように、エイラがそう問いかけてくる。なので、セイディもためらいがちに真実を伝えることにした。

「お父様が倒れたって聞いて、こちらに来たの」

眉を下げてそう言う。すると、エイラは目元を指で拭っていた。

「あぁ、お嬢様はなんとお優しいのでしょうか……！　きっと、貴女様のお母様は貴女様がこんなにも優しい人に育ったと知れば、大層喜ばれます……！」

嬉しそうにうんうんと頷きながら、エイラはそう言う。

……エイラは、セイディの実母を慕っている。それがわかるからこそ、セイディは気になっていたことを尋ねることにした。

「……あのね」

「どうなさい、ました？」

「私の、お母様のことよ」

その言葉を口にすれば、エイラの顔が一瞬にして強張《こわば》る。

多分、これは聞いてはいけないことだったのだろう。そう思いながらも、セイディは続けた。

「……お父様が、私のお母様のお名前はパトリシアというのだと、呟かれていたの。それは、本当？」

かみしめるようにそう問いかければ、彼女はその表情を曇らせる。一分、二分、三分。微妙な沈黙が場を支配する。が、彼女は意を決したように声を上げた。

「それは、本当でございます」

そして、彼女はしっかりとそんな言葉をくれた。

彼女のその言葉に、セイディは目を見開いてしまう。

何もわからないままだった実母のことが、少しだけ知れたような気がする。そう思い、セイディはぐっと手のひらを握った。

「……あのね」

「お嬢様」

だが、セイディが続けて尋ねようとしたとき、エイラはそう声をかけてくる。その後、彼女はゆるゆると首を横に振った。

それはまるで――この件には、これ以上触れてくれるなとでも言いたげだった。

「エイラ」

「これ以上は、私の口からはお話しできません。……こんなことを言ってはなんなのですが、貴女様のお母様に口止めされているのです」

深々と頭を下げながら、エイラがそう言う。

「……え？」

「貴女様のお母様は、時が来るまでご自分のことをお嬢様に話さないでほしい。そう、残されておりました」

彼女の言葉を聞いた所為で、セイディはもう何も言えなくなってしまった。

それからしばらくして、ミリウスがセイディの許に戻ってくる。彼はセイディとエイラのことを交互に見つめたかと思えば、きょとんとしていた。

「……知り合いか？」

彼がそう問いかけてくるので、セイディは苦笑を浮かべる。それから「実家の侍女です」と小さめの声で告げた。

「そうか」

その言葉に、ミリウスは深く関心を示さなかった。

しかし、彼はエイラに視線を向ける。そうすれば、エイラの顔が引きつったのがよく分かった。

ミリウスの正体に、気が付いたのだろう。

「セイディの雇い主で、騎士団長のミリウスだ」

彼が淡々と自己紹介をする。そのまま「お前のところの主は、無事だ」と続けた。

その言葉に反応したのは、エイラではなくセイディだった。

「……お父様は、ご無事なのですね？」

しっかりとはっきりとそう問いかければ、彼はこくんと首を縦に振ってくれた。その様子を見て、セイディはようやくほっと息を吐くことが出来た。

今、アルヴィドに死なれてしまったら、いろいろと手がかりがつかめなくなってしまう。ならば、彼には生きてもらっておいた方が良い。そう思ってしまったのだ。

（お父様には、帝国の内通者の疑惑があるわけだし……）

その可能性がある以上、アルヴィドには生きてもらわないといけない。

父親だからとか、そういうことではない。むしろ、あの父親がセイディのことを勘当したのだ。

……たとえ、操られていたとはいえ、行いは消えるわけではない。

「……えぇっと」

セイディがそんなことを考えていれば、エイラの戸惑ったような声が聞こえてきた。驚いてセイディが彼女に視線を向ければ、彼女は明らかに頬を引きつらせている。

「えぇっと、お嬢様は今……何を、されているのですか？」

彼女がそう問いかけてくる。……なんと、答えようか。

（エイラのことは、信頼しているわ。だけど、もしもこのことがお義母様にバレてしまったら……）

いろいろと、厄介なことになるのは目に見えている。いや、アルヴィドがセイディの居場所を知っていたのだから、それは今更なのかもしれないが。

そう思いつつセイディが答えをためらっていれば、ミリウスが横から口をはさんでくる。

「……一応、メイド業をしてもらっている」

「メイド業、ですか？」

「あぁ、いわば俺の世話役……みたいな？」

少し誤魔化しながらの言葉は、彼なりの警戒の表れだったのだろう。

だからこそ、セイディも話を合わせることにした。エイラに視線を向け、大きく頷く。それで、どうやら彼女は納得してくれたらしい。

「……エイラ。お父様のことは、お願いするわ」

セイディはエイラにそう声をかける。その言葉に、エイラがきょとんとしたのがよく分かってしまった。

「お嬢様、は？」

「私には、まだやることがあるの。……いろいろと、ね」

ここで詳しく説明するのは憚《はばか》られてしまった。これはエイラを心配しているから。

もしも、面倒なことに首を突っ込ませてしまったら……と思うと、気が気じゃない。だから、セイディは黙っているのだ。

「さよう、でございますか」

昔から、エイラはセイディのことを否定してこなかった。そのためなのか、今回も深く首を突っ込んでくることはなさそうだ。

「……ご無事で、いてくださいませ」

最後とばかりに告げられた心配のその言葉に、セイディはまた大きく頷く。

「さて、セイディ。……一旦、戻るぞ」

セイディとエイラの会話が終わったのを見てか、ミリウスがそう声をかけてくる。

彼はセイディの手首を引っ張り、アーリス病院を出て行ってしまう。……抵抗することは、出来なかった。いや、この場合抵抗する気力がなかったというのが正しいのかもしれない。

アーリス病院の敷地内に止まっている騎士団の馬車に乗り込み、クリストファーのことを待つ。するると、五分ほど遅れてクリストファーがセイディたちと合流した。彼曰く、アルヴィドは無事であり危険な状態は乗り越えられたそうだ。

「今後、こっちに何人か騎士を派遣することになりそうだな」

クリストファーの報告を聞いて、ミリウスがそう言葉を零す。

彼の言葉に、セイディは彼に頭を下げることしか出来なかった。

（……本当に、何が何なのか）

アルヴィドのこと。そして、何よりも――実母、パトリシアのこと。

すべてを知る術は、あるのだろうか。すべてを知りたい。そう思うのに――知る術がない。

その所為で、セイディは歯がゆい思いをすることしか出来なかった。

再会と、昔話

（……はぁ、どうなんだろうなぁ）

セイディがアーリス病院を訪れてから、早くも五日が経った。

あれ以来、セイディはアーリス病院を訪れていない。というのも、ミリウスに「今はお前は行くな」とくぎを刺されてしまったのだ。

かといって、セイディがアーリス病院にアルヴィドのお見舞いに行きたいかと問われれば……微妙なところだったりするのだが。

ただし、ほんの少し。ちょっぴり、アルヴィドのことが心配だったりする。

「セイディ、セイディ～！」

「あ、はい！」

そんなことを考えていれば、不意に後ろから誰かに声をかけられた。

それに驚きつつもそちらに視線を向ければ、そこにはリオがいる。彼はセイディの方に駆けよりつつも「ちょっと、いいかしら？」と声をかけてきた。なので、セイディも「どうぞ」と淡々と言葉を返す。

「実は、貴女にお客様がいらっしゃっているのよ」

リオは少し困ったようにそう言う。だからこそ、セイディはきょとんとしてしまった。

「お客様……ですか？」

「えぇ、ちょっと……その」

彼は視線を彷徨わせながら、歯切れの悪い返事をくれる。……どうやら、かなり厄介。もしくは重要なお客様らしい。

（お父様は入院中だし、お義母様やレイラがやってくるとは思えないものね……）

そう思ったら、一体誰なのかが全く想像もつかない。セイディがそう思い小首をかしげていれば、リオは眉を下げていた。

「あんまり、待っていただくのはダメなのよ。今から、行けるかしら？」

「え、えぇ、まぁ……」

待たせるのはダメということは、高貴な身分。あるいは多忙な人物なのだろうな。

そんな風に思いセイディが少しためらいがちに返事をすれば、彼はすたすたと歩きだす。そのため、セイディも慌てて彼の後をついて歩いた。まぁ、リオはセイディのペースに合わせて歩いてくれているので、そこまで距離が離れていないのが救いだろうか。

（リオさんの言葉からして、やっぱり高貴なお方というイメージが……）

しかし、セイディに高貴な人物の知り合いなどいない……はずだ。あえて言うのならば、ミリウスやジャックだが、彼らの場合リオがこんな風に言うわけがない。改まるということは、彼らではないということだろう。

（……でも、そうなったら一体どちら様なのかしら？）

一人悶々と考えていれば、リオは騎士団の寄宿舎の方に入っていく。そのまま応接スペースのある部屋の前に立ち、扉をノックした。すると、中から「どうぞ」という声が聞こえてきた。

……この声を、セイディは確かに知っている。

だからこそ、セイディはその真っ赤な目を大きく見開いてしまった。

セイディのその様子を気にも留めず、リオは扉を開けてしまう。

「やぁ、久しぶり……だね。……えぇっと、セイディ、さん？」

「え、えぇ……」

にっこりとした笑みを浮かべつつ、彼は静かに挨拶をしてくれた。

そのふわふわとした白銀色の髪は、あのときのままだ。その目も、あのときと全く同じでおっとりとした形をしている。美しい人だった。

彼のことを見つめていると、セイディは気が遠くなってしまいそうだった。

「……クリストバル、さま」

ゆっくりと彼のことを呼ぶ。そうすれば、彼はその美しい顔を楽しそうに緩めた。

「ふふっ、覚えておいて、くれたんだね」

一つ言っておくと、覚えておくとかそういう問題ではない。覚えておかないといけない人物だ。

（クリストバル様のことを忘れるなんてこと、出来るわけがないわよ……！）

こんなにも美しく高貴で、謎めいた不思議な人のことを忘れるなんて、セイディには出来やしない。そう思いつつセイディが頬を引きつらせていれば、クリストバルは自身から見て対面のソファーを指さした。

「セイディさんも、そちらにどうぞ」

これは、素直に従った方が良いのだろうか？

そう思いセイディが戸惑っていれば、リオに視線で座るようにと促される。なので、素直にソファーに腰を下ろした。

「え、えぇっと……」

しかしまぁ、いきなりクリストバルが訪ねてくるなど何事だ。その所為で、もう「え」という単語しか口から出てこない。ほかの言葉が、何も出てこない。

（そもそも、この間『光の収穫祭』が終わったら国に戻られるとおっしゃっていたような……）

以前の彼の言動を思い出し、セイディは混乱してしまう。

混乱するセイディを他所《よそ》に、クリストバルはのんきに目の前の紅茶を飲んでいた。……セイディの戸惑いもどこ吹く風。どうやら彼は究極のマイペース人間でもあるようだ。

彼の新しい情報を手に入れてしまった。……特に必要ないものだが。

「まぁ、セイディさんが戸惑うのも、分かるんだ。だって、僕はこの間公国に戻るって言ったからね」

「……そう、ですね」

「だから、一回戻ってきてもう一度、こっちに来たんだ」

……それは、時間の無駄なのでは？

一瞬そう思ってしまうが、彼の国であるヴェリテ公国はリア王国の隣国である。なので、移動にそこまで時間はかからない……はず。

（でも、だからといって時間の無駄なのは変わりないのでは……？）

いや、彼の私生活に口を出すなんてこと、セイディに出来るわけがない。

額を押さえてしまいそうになりながらも、セイディはクリストバルを見つめる。彼のその整った顔立ちにぼうっと見惚れてしまっていれば、彼は手をパンッとたたいた。

「そうそう。実は僕は、セイディさんに一つ、お話がしたくて、こっちに来ちゃったんだ」

そして、クリストバルは何でもない風にそう言ってくる。

「……お話、ですか？」

小首をかしげながらセイディがそう問いかければ、彼は大きく頷いた。

「ちょっとした昔話でも……と、思ってね」

美しい顔をほんの少し緩めながら、彼はそう言う。しかし、セイディからすればそれは易々と納得できるような理由ではない。

だって、たかが昔話だ。昔話をするために、わざわざ隣国とはいえ他国に来るなんて……と思い顔をしかめてしまう。が、そんなセイディを見て彼はくすくすと声を上げて笑っていた。

「セイディさんの思っていることは、当然だよね。……だけど、僕はどうしてもこのお話をキミに、ほかでもないセイディさんにしなくちゃならないんだ。天が、そう告げているから」

肩をすくめ、指を天井に向けてクリストバルはそう続けた。

……これは、何を言っても無駄だろうな。そう理解したからこそ、セイディはこくんと首を縦に振ってクリストバルのことを見つめた。

すると、彼は結んでいた口元をふっと緩める。その動きだけでもかなりの女性が見惚れてしまいそうだ。それほどまでに、彼は美しい。

「昔々……とまでは言えないけれど、ちょっとした昔の話だよ」

彼は、透き通ったきれいな声で、言葉を紡ぎ始めた。

「ヴェリテ公国に、とある聖女様が生まれました。彼女はとても聖女の力が強く、公国でも屈指の力を持っていました」

目を瞑って、クリストバルがそんなことを語りだす。

彼の声はとても心地よくて、まるで眠ってしまいそうなほどだ。だが、眠っていいわけがない。

そう思いながらセイディが彼の言葉に耳を傾けていれば、彼は人さし指を不意に立てた。

「でも、彼女にはたった一つだけ問題がありました」

「……一つの問題、ですか？」

「うん、彼女はね、伝統を重んじる侯爵家の愛人の子だったんだ」

セイディの問いかけに、クリストバルは淡々と言葉を返す。

「伝統を重んじる……っていうか、浮気は絶対に許さない家系、みたいな。そんな家の愛人の子だったんだ」

「……はぁ」

「しかも、父親は婿入りだった。……まぁ、いわばろくでなしだよね」

くすくすと笑いながらクリストバルはそう言う。当たり前のことを言っているが、彼の言葉には刺々しさがこもっており容赦がない。

それに軽く頬を引きつらせていれば、彼は「続けるね」と言ってゆっくりと息を吸った。

「その後、彼女は母親を亡くし、父親の家に引き取られることになったんだ。……しかし、そこでは義母の当たりが強くて、彼女は二十代になったばかりの頃、家出を決意するんだ」

クリストバルは何の感情も込めないような声で、そう続けていく。

それに対して、セイディはなんと反応すればいいかがわからなかった。

何となくだが、クリストバルの話す『力の強い聖女様』はセイディに似ているような気もする。義母となる継母に虐げられてきたことも、力の強い聖女であるということも。そう、まるで――セイディの境遇を、ほんの少し変えたかのようだ。

「そして、彼女はとある隣国にやってきました。……そこで、とある夫婦に出逢ったんだ」

……何だろうか。この胸のざわめきは。

クリストバルのこの話を聞いていると、心がざわめいて、変な汗が出てしまいそうだ。

まるで、知ってはいけないことを知ってしまうかのような。そんな薄気味悪ささえ、感じてしまう。

(でも、ここで遮ってはいけない。……このお話を、私は最後まで聞かなくちゃならない)

だけど、そう思うからこそセイディはクリストバルのことをじっと見つめ続ける。

すると、彼はその目を細めた。

「……いい目、だね」

「え?」

「セイディさんの目は、初めて会ったときから思っていたけれど、本当にいい目だよ」

「……あの」

「まるで何者にも屈しないという強い意思がこもっている。……本当に、僕はその目が好きだなぁ」

ぼんやりとそんなことを言ったかと思えば、クリストバルは笑う。

だが、彼は不意に「あっ」と声を上げた。

一体、何事なのだろうか? そう思いセイディが目をぱちぱちと瞬かせていれば、彼はおもむろに頬杖を突いた。

「でも、もちろん恋愛感情はないよ。そもそも、僕、既婚者だし」

「……はぁ」

「浮気したら……ねぇ?」

その「ねぇ？」の言葉の意味が分からないほど、セイディだって鈍くはない。そんなことを思ってセイディが頬を引きつらせていれば、彼はにっこりと笑っていた。その笑みは、言葉とは裏腹にとても眩しい。

「まぁ、人間として好きっていうことだよ。僕は強い人が好きだから。だから、セイディさんのことが人として好きなんだろうね」

「……どうも、ありがとう、ございます」

「うんうん、それでいいんだ」

どうしてか、彼といるとペースが狂う。

心の中でそう思いつつ、セイディはクリストバルの言葉の続きを待った。

そうしていれば、彼は紅茶を一口飲み、ことんと音を鳴らしてカップを戻す。

「じゃあ、続けようかな。……その夫婦は、聖女様の境遇を悲しみました。そして、一つの提案をしたのです。よろしければ、自分たちの許で暮らしませんか、と」

淡々と語られる何者かわからない女性の昔話。それには、耳を傾けてしまう魅力のようなものもあるような気がした。

……聞いてはいけないという気持ちと、聞いていたい、知りたいという気持ち。

交錯するその二つの気持ちにセイディが翻弄されていれば、クリストバルは「だ、け、ど」とお茶目な声音で言葉を区切った。彼の目は、茶目っ気たっぷりとばかりに細められていた。

「何の条件もなく、見知らぬ女性と暮らすことは出来ません。何故ならば、夫婦は貴族だったからです」

「……そう、なのですか」

「だから、夫婦は考えました。そして、一つの答えを導き出したのです」

まるで、お伽噺《とぎばなし》かなにかを聞いているような感覚だった。

そう思いながら、セイディはまっすぐとクリストバルのことを見つめる。すると、彼は人さし指をゆっくりと立てる。

「そう、夫婦は聖女様を自分たちの義理の娘――つまりは、息子の妻にすることにしたのです」

ゆっくりと語られるその話に、気が付けばセイディは真剣に耳を傾けてしまっていた。

クリストバルが語り上手だというのも関係している。けれど、それ以上に。クリストバルのお話が、とても興味を引くものだったのだ。

「その結果、聖女様は夫婦の息子と結婚しました」

しかし、クリストバルはここまで言って話を止めてしまった。

数秒、数十秒。一分経っても、彼は続きを話そうとはしない。

「そこから、どうなったのですか？」

だからこそ、セイディはそう問いかける。

聖女様は自分の居場所を見つけたような語り口調だった。夫婦の息子と結婚して、幸せに暮らしました。めでたしめでたし。

そうなる……といいと、思うのに。何故だろうか。それはないなと思ってしまう。

「ふふっ、そうだなぁ……。ここから先は、貴女のご想像にお任せします、かな」

それから、クリストバルは笑ってそう告げてきた。……一番大切なところを、教えてくれていない。そんなことを思ってセイディが不満そうな表情を浮かべれば、彼は肩をすくめた。その仕草はとてもわざとらしい。

「ただ、一つだけ言えることがあるんだ。聖女様と夫婦の息子との間には、一人の娘が生まれたんだ」

「……その娘、は」

「そうだなぁ……。生きていれば、セイディさんと同い年、かな。……まぁ、生きているんだけれど」

クリストバルのその言葉は、まるでその聖女と夫婦の息子の娘を、その後を、知っているかのような口ぶりだ。

だったら、結末を教えてくれてもいいだろうに。

(ううん、違う。クリストバル様は、ここから先は私に調べろと……)

きっと、彼はここから先のことはセイディ自身に調べろと言っているのだ。

それに気が付いたからこそ、セイディはクリストバルの目を見つめる。

「……私、調べます。もしも、その聖女様の娘さんと、会うことが、出来たら――」

まっすぐに彼の目を見て、自分の気持ちを伝えようとする。が、彼はくすっと声を上げて笑った。

そして、彼は紅茶を一口飲む。

「会えるわけ、ないんだよね」

「……え？」

「すみませんが、セイディさんと二人きりにしてもらっても、いいかな?」

セイディの戸惑ったような声を無視して、クリストバルは側に控えていたリオにそう声をかけた。

すると、リオは少し戸惑ったのち首を縦に振る。

リオが出て行ったのを見計らったかのように、クリストバルは口を開く。

「貴女は、その聖女様の娘に会うことは出来ないんだよ」

クリストバルはもう一度その言葉を繰り返す。……生きているのならば、会える可能性はゼロじゃないというのに。

「生きて、いらっしゃるのですよね……?」

眉を顰めて、そう問いかける。そうすれば、彼は長い脚を何の前触れもなく組み直した。

「うん、生きているよ。だって、その聖女様の娘さんは――」

――貴女だから、だよ。セイディ・オフラハティさん。

目を細めて、クリストバルはそんな言葉を投げつけてくる。

「……え?」

対して、セイディはきょとんとした表情で、驚いたような声を上げてしまった。

セイディのその態度に気を悪くした風もなく、クリストバルは首を横にこてんと倒す。

「貴女が、ヴェリテ公国の中でも特に力の強い聖女、パトリシアの娘なんだよ」

彼のその仕草は、とても美しい。けれど、それよりも――。

(……お母様、やっぱり、ヴェリテ公国の)

クリストバルから指輪を託されたときから、薄々感じていた。実母はヴェリテ公国にかかわりがあるのではないかと。

それは今、確かなものになった。クリストバルがセイディに嘘をつくとは考えられない。

だから、それは真実なのだ。

「貴女のお顔は、パトリシアにそっくりなんだよ。……正直、僕も驚くほどに」

「……やっぱり」

使用人たちもみな、セイディと実母の顔はそっくりだと言っていた。ということは、アーネストがセイディの顔を見て驚いた理由も納得が出来る。

彼は、ヴェリテ公国の力の強い聖女の娘が、別の国にいたことに驚いたのだろう。

「……僕は、このお話を貴女にするために、ここに来たんだ。……理由は、分かる？」

「いえ」

「理由は一つ。……貴女を、ヴェリテ公国に迎え入れたいから」

にっこりと笑って、クリストバルは上機嫌な声でそう告げる。

その言葉に驚いてセイディが目を見開けば、彼は淡々と言葉を紡いでいく。

「ヴェリテ公国に来れば、確たる身分を保証しようと思うんだ」

「……それって」

「正直、パトリシアが公国からいなくなったのは、かなりの痛手だったんだ。娘さんがいると知ったから、僕はキミを探していた」

「あの」

「確たる身分と、財。それを用意する。だから、セイディさんは公国に来る気はないかな？」

何でもない風に。まるで、世間話をするかのような勧誘だった。

（……確たる身分と、財。それは――）

身分はともかく、お金は欲しい。でも……。

「その、無理、です」

ゆるゆると首を横に振って、セイディはそう言うことしか出来なかった。

「どうして？」

「だって、私は……その、この国が、好き、ですから」

いろいろとあったのは、認める。でも、ここでメイドとして働くことに確かな喜びを覚えているのだ。そう簡単に――捨てられるような場所じゃ、ない。

「そう、残念だ」

セイディの言葉を聞いて、クリストバルはそう言う。

そのため、セイディが彼の目を見つめれば、彼の目は何も映していないように見えてしまった。

だが、それはほんの一瞬のこと。彼はすぐに柔和な笑みで上書きしてしまうと、立ち上がろうとした。

「……さて、そろそろ騎士さんに戻ってきてもらおうかな」

クリストバルがそう言うので、セイディは彼を制し、自ら部屋の外で待機しているリオを呼ぶ。

そうすれば、彼は部屋にすぐに戻ってきた。

「……何か、込み入ったお話でもありました？」

リオはクリストバルに対して丁寧な口調でそう問いかけていた。すると、クリストバルはおもむろに胸に手を当てる。

「そうだね。おかげさまで、有益なお話が出来ました」

にっこりと笑ってそう言う彼に対し、セイディは微かな疑問を抱く。……あれが、有益な話なのだろうか？

セイディがそう思っていれば、クリストバルはもう一度ソファーに腰掛けると、残っていた紅茶を飲み干した。

「セイディさん」

「……はい」

クリストバルに名前を呼ばれ、少しためらったのちに声を上げる。

その返事を聞いたためだろうか。彼はきれいな笑みを浮かべた。

「……気が変わったら、いつでもこっちに来てね」

「……それ、は」

「僕もヴェリテ公国も、貴女を歓迎するから」

背筋を正し、美しい姿勢で彼はそう言った。

彼のその言葉にセイディが反応できずにいれば、たった一人リオがきょとんとしているのに気が付く。

（……言ってもいい、けれど）

だけど、これは言わない方が良いな。

そう判断し、セイディはクリストバルに対してこくんと首を縦に振ることで意を示した。

彼を変に刺激することは、得策ではない。そもそも、彼は得体のしれない部分があるのだ。ならば、まだ友好的に接する方が良いだろう。

（それに、一度ならず二度も助けてくださったのだもの）

心の中でそう思っていれば、セイディはふと思い出す。

そういえば、彼から託された指輪をまだ返せていない。

「あ、あの、クリストバル、さま」

慌てたように彼の名前を呼べば、彼の視線がセイディに注がれる。だからこそセイディは、口を開く。

「一つ、お返ししたいものがあるのですが」

セイディがそう言うと、彼はきょとんとした表情を浮かべた。

「お返し、したいもの？」

「はい。『光の収穫祭』の際に、指輪をお借りしましたよね。あれを、お返ししたいと思うのですが」

あの指輪は騎士団の寄宿舎にあるセイディの部屋に置いてある。今から取りに行けば、五分もかからずに戻ってくることが出来るはずだ。

そう思ったからこそそう言ったのに、彼は「いえ、必要ありませんよ」と言葉を返してきた。

「あれは、セイディさんに託したものだから」

「……で、ですが」

「僕が持っているよりも、貴女の方が有益に使えると思うから」

ニコニコと笑ってそう言われると、もう何も言えなくなってしまう。

その所為でセイディが口を閉じれば、彼は人さし指をふと立てた。

彼の指は、やはりというべきか見惚れてしまいそうなほどに美しい。

「だったら、今度、公国に来てくれないかな？」

「……えぇっと」

「その際に、お返ししてもらおうかな。……それに、セイディさんに僕の妻も紹介したいんだ」

……そこまで言われたら、断るのも忍びない。

そう考え、セイディはしどろもどろになりながらも、肯定の返事をした。

「ですが、すぐには行けません」

しかし、一応そう付け足しておかなくては。

そんな意味を込めてそう言えば、彼はそのきれいな唇に自身の指を押し付ける。

「構いませんよ。だって……もうすぐ貴女は、否応なしに公国に来ることになりますから」

――それは、一体どういう意味だ。

きょとんとするセイディを他所に、クリストバルはにっこりと笑うと「お邪魔しました」とだけ言葉を残し、部屋を出て行こうとする。

が、最後にセイディの方を見つめる。その目は、妖しく光っているようにも見えてしまった。

「……今後、いろいろなことが貴女の身に降りかかります」

彼の言葉は、まるで嫌な予言のようだった。

「ですが、貴女は自分の信じる道を行ってくださいね。……さすれば」

――悪い結果には、繋がりませんから。

きれいな、透き通るような声で。それだけを告げたクリストバルは、リオの案内を必要ないと断り、颯爽と部屋を出て行ってしまった。

残されたセイディは、ぽかんとしつつも唇を軽く噛む。

（お母様のこと、また少しだけ、知れた）

クリストバルの言った言葉が、完全な真実なのかは、分からない。

でも、ほんの少し。また一歩実母の正体に近づけたような気がした。

そう思ってセイディが息を呑めば、隣にいたリオがセイディを見つめてくる。

「ねぇ、何をお話ししていたの？」

彼はそう問いかけてくる。……ここは、どう誤魔化そうか。

そんな風に思ったものの、セイディには下手な誤魔化ししか出来ない。

「い、いえ……大したこと、では」

セイディがそう言った瞬間、開いた窓からふわりと風が吹く。頬を撫でる風は、何処となく生ぬるい。この寒い季節に似つかわしくない風だった。

「……そう」

少し寂しそうにリオが眉を下げたのがわかる。だけど、セイディからすればこれは簡単に人に話していいことだとは思えなかった。

だって、クリストバルが人払いをしたということは——他者に聞かれてはいけない話。そういうことだろうから。

図書室とフレディ

「う～んと、どうしようかな……」

クリストバルと再会した翌日。セイディは騎士団の寄宿舎の前で一人唸《うな》っていた。

というのも、本日は半休だった。そのため、何かをしようと思ったのだが……何もすることが思い浮かばないのだ。

やりたいことは、ある。けれど、それはセイディの一存では出来ないこと。

だから、結果的にすることは何もない。

(王都にある図書館に、行ってみてもいいのだけれど……)

そう思ったものの、この間のこともあるので勝手に外出するのは憚られた。

だったら、誰か一緒に行ってくれれば。そんなことを思ったものの、それもできない。

リオは仕事だし、アシェルも仕事。クリストファーは本日パトロールに出てしまっている。ミリウスは、相変わらず行方不明。ジャックならばまだしも……と思っているが、セイディが彼のスケジュールなど把握しているわけがない。リアムは論外。

（うーむ、本当にどうしようかな……）

心の中でそう思いつつ、セイディは唸る。

しかし、やっぱり何も出てこない。……これが、詰みとかそういうやつなのだろうか。

「こんなときに、交友関係が広かったらなぁ……」

そんなことをセイディが呟いたときだった。不意に後ろから「やっほぅ」という気の抜けた声が聞こえてきた。

「うわっ！」

声に驚いて、セイディがびくりと身体を跳ねさせる。すると、声をかけてきた人物は楽しそうに笑う。しかも「やった、成功した」なんて言うのだから質《たち》が悪い。全く、悪趣味にもほどがあるだろう。

「……フレディ様、悪戯はよしてくださいませ」

微かに怒りを含んだような声でそう言って振り返れば、その人物——宮廷魔法使いのフレディ・キャロルは「ごめんごめん」と言いながら笑っていた。これっぽっちも反省していない表情と態度だ。

「いやぁね、セイディが神妙な面持ちで何か考え込んでいるようだったから、声をかけるのはちょっとなぁ……って思ってさ」

「……いや、声をかけましたよね？」

「だって、交友関係が広かったら～なんて、気になることを言うんだもん」

やたらと可愛らしくフレディがそう言う。

普通の男性がしたら、似合うわけがない可愛い口調も、美形のフレディが使えば不思議と似合ってしまう。……本当に、世の中というのは顔面格差社会だ。

「どこかに行きたいの？」

「……いえ、そういうわけでは」

彼の問いかけに、そっと視線を逸らして答える。

実際、行きたい場所はある。一人で行動するのに不安がないとも言えない。違う。不安だらけだ。

「僕でよかったら、同行するよ？」

セイディの言葉を思いきり無視して、フレディは顔を覗き込んでそう言ってくる。

……はた迷惑な。

（……でも、この際背に腹はかえられないわ）

この際、フレディに同行してもらうのもいいかもしれない。

そう思って、セイディは彼の目をまっすぐに見つめた。……相変わらず、きれいな目だと思った。

「えぇっと、ちょっと、行きたい場所がありまして……」

「うんうん」

「けれど、一人で行動したら絶対に迷惑になると、思いました」

アルヴィドが入院中とはいえ、絶対に何も起こらないとは限らない。借金取りだっているし、マデリーネやレイラのことだってある。

「それで、交友関係が広かったら誰か一緒に……って、思いました」

淡々とそう言えば、彼はニコニコと笑っていた。

「僕、今日休暇だからよかったら付き合うよ。で、何処に行きたいの？」

フレディは楽しそうにそう続ける。

彼との関係は、また前のようなお茶飲み仲間に戻りつつある。ならば、大丈夫だろう。

「図書館に、ちょっと」

「……図書館？」

「はい。ヴェリテ公国のことについて、少し調べたくて」

眉を下げながらそう言うと、彼はきょとんとした表情を浮かべた。その後「また、何で？」と問いかけてくる。

全部を話すことは出来ない。そう思うからこそ、セイディは誤魔化しながら答えることにした。

「ちょっと、気になることが、ありまして」

「……そっか」

彼は深追いしてこなかった。

心の中でそれに感謝していれば、彼は不意に人さし指を立てた。

「でも、それよりももっといい場所があるよ」

……いい場所。何とも魅力的な響きの言葉だ。

「ヴェリテ公国のことだったら、王宮にある図書館の本の方がいろいろと載っていると思うよ」

何でもない風に彼はそう言うが、それはどうなのだろうか。

そもそも、セイディは王宮の図書室に入る権限を持っていない。あそこには機密書類も保管してあるというし、ただのメイドが入れるような場所ではない。

「ですが、私は入れない――」

「僕が、殿下に交渉してきてあげる」

「えぇっ⁉」

いや、それはさすがに迷惑では……そう思ってセイディが目をぱちぱちと瞬かせていれば、彼は何処かに歩いて行こうとする。最後に振り返り「じゃあ、二時間後にここら辺で待ってて」というのも忘れない。

しかし。

「あの、ミリウス様は本日も行方不明でして……！」

さすがに行方不明の人物を捜していたら日が暮れる。

そう思ってセイディがそう叫べば、彼は「だーいじょうぶ！」と叫んでくる。……一体、何が大丈夫だというのだろうか。しかも、彼の声音は何となく気が抜けてしまうような響きだ。

「僕、殿下の居場所大体わかるから」

「……え？」

「殿下の魔力は特殊だからねぇ。ちょっとたどれば、あっという間だ」

彼はそんな言葉を残して、颯爽と歩き去っていった。

それを聞いたセイディが思うことは、ただ一つ。

（本当に、魔法の悪用……）

それだけだ。


それから約二時間後。

セイディは王宮にある図書室にいた。

壁一面に詰まった本、本、本。まるで本の世界にでも迷い込んだかのような雰囲気に、セイディは息を呑む。

「今から二時間後には施錠させていただきますので。それまでに済ませていただけると助かります」

司書であろう青年が、フレディにそう声をかける。

フレディはそれを聞いて、「はいはーい」と軽く返事をしていた。が、セイディからすればそんな場合ではない。

二時間で済ませる。それすなわち、この膨大な書物の中から目的の書物を短時間で見つけなければならないということなのだ。

（いや、それ以上にここの書物は持ちだし厳禁だというし、一時間くらいで見つけなくちゃ……）

読む時間を考えると、探すのにかけられる時間は多く見積もって一時間といったところだろう。

そう思い、セイディは席に戻る司書の青年に視線を向けた。とりあえず、大まかな配置は聞いておいた方が――。

「セイディ、こっちこっち」

しかし、そんなセイディの手首をつかんで引っ張り、フレディが歩き出す。

それに驚きつつも引っ張られる形で、セイディは本棚の方へと連れていかれた。

「あ、あの、場所を……」

「大丈夫。僕、大体の配置は知っているから」

そう言って、フレディはすたすたと歩く。

「国の歴史については、こっちだよ」

……彼は、何でも知っているのだろうか。

そんな疑問を思い浮かべ、セイディは頬を引きつらせてしまう。

「まぁ、かなり長い間来てないから、配置が変わっていなければ、だけれど」

そして、彼はそう念押ししてくる。

「……そうなのですか？」

「うん、でもここの本って膨大だから。動かすのが大変っていう意味であんまり配置換えはしないみたい」

図書室の階段を上りながら、フレディはそう言う。

彼のその言葉にいろいろと興味がわくものの、今は時間がない。時間は有限。なんとしてでも、さっさと見つけなければ。

「こっちが自国の資料で、あっちが他国の資料。ヴェリテだったら……そうだなぁ」

フレディが本の背表紙を視線で追いながら歩く。

その横顔はとても真剣なものであり、彼のその顔を見ていると彼の容姿がやはりとても整っているということに、意識が行ってしまう。……こんなこと、考えている場合ではないというのに。

そんなことを思いながら、セイディも棚を見つめてみる。

確かにここら辺は他国についての資料が多いような気がする。近隣のルクレチア魔導国。さらにはローズティア王国など。

指で背表紙を追いながら、本を見つめていると……不意に、見つけた。

（……帝国の、資料）

それは何処となく古びたような背表紙であり、薄っぺらい。

ほかの国の資料は大量にあるものの、マギニス帝国の資料に関しては数冊しかなかった。しかも、そのすべてが漏れなく薄っぺらい。……大国なのに。

（大国なのに、こんなにも資料がないものなのかしら？）

そう思って、セイディはその資料の一冊を手に取る。それはどうやら年代別に歴史を綴ったものらしい。年代を見るに、まだ新しい。

だが、何度も読み返されているのか割とボロボロだった。……ゆっくりとページを開いてみれば、一番に視界に入ったのは先代の皇帝だという男性の肖像画。

（……この人物が、フレディ様のお父様、なのよね）

何処となく儚《はかな》げに見えるその男性には、フレディの面影があるような気もした。とはいっても、確実に似ているとは言えない。きっと、彼は母親似なのだろう。

（もうすでに亡くなっているお方とはいえ、いろいろと詳しく載っているのね）

大層な女好きで、皇子や皇女がたくさんいるとか。そのくせあまり気が強くない人だったとか。優柔不断だったとか。

そんなお世辞にもあまり良いとは言えない内容をぼんやりと見つめていると、ふと後ろから「セイディ？」と名前を呼ばれた。

なので、視線をそちらに向ければ、そこには疑問符を頭上に浮かべたようなフレディがいる。彼はセイディの手元に視線を落とし、「……あぁ」と何処となく呆れたような声を上げた。

「……父上の」

ボソッとそう零したのを見て、セイディは慌てて資料を閉じた。もしかしたら、彼にとってこれは思い出したくないことなのかもしれない。リリスがそうだったように、彼にもあまりいい思い出がないのかも。

「あ、あの、すみません。たまたま、目についてしまって……」

肩をすくめながら、慌ててそう言う。すると、彼は「いや、いいよ」と言ってセイディにいくつかの資料を手渡してくれた。

その本はすべてヴェリテ公国の資料のようであり、彼が探してきてくれたのだろう。……自分は、ぼんやりと帝国の資料を眺めていただけだというのに。

「……私が、探すべきでしたよね」

本を見つめてそう零せば、彼は「いいよ」と言いながら手のひらをひらひらと振る。

「こういうのは適材適所だ。僕の方が詳しいわけだしね。……セイディは、それを読んできたら?」

本を読むために用意されたスペースなのか、机と椅子が設置してある場所がある。そこを見つめて、フレディはそう言った。

だからこそ、セイディはぺこりと頭を下げてそちらに向かおうとする。

「あのさ、セイディ」

しかし、ほかでもないフレディに呼び止められた。それに驚いて彼に視線を向ければ、彼の視線はセイディの手の中に在る帝国の資料に向けられている。

「それ、貸してくれないかな?」

「え?」

彼の発言の意味が分からず、セイディがきょとんとする。

そうすれば、彼は気まずそうに視線を逸らした。

「いや、ちょっと気になることが、あって……」

彼は歯切れの悪い返事をくれた。

普段の彼ならば、こんな風には言わないだろうに。

ちょっとした違和感を感じながらも、セイディは「……どうぞ」とだけ言って、帝国の資料を手渡す。

「……ありがと」

少し儚げに笑って、フレディがお礼を言ってくれる。

……何となく、彼が消えてしまいそうな雰囲気だった。

（いや、そんなわけ、ないわよね）

しかし、そう思いなおしてセイディはフレディに教えられた読書スペースへと向かう。

歩を進める中、ふと後ろを振り返れば――フレディは真剣な面持ちで帝国の資料をめくっていた。

その手つきが何処となく早急であり、もしかしたら彼には何か明確な目的があるのかもしれない。

（フレディ様にも、知りたいことがあるのよね）

帝国の出身だというからには、帝国のことなど大体知っているのかと思っていた。

さらに言えば、彼の身分は皇弟なのだ。詳しい事情を知っていても、おかしな身分ではない。と思ったのだが。

（まぁ、フレディ様やリリスさんのことを思うと……そうは、思えないわよね）

そう思いなおして、セイディは椅子に腰かけた。そして、資料をめくっていく。

ちくたくと時計の針が進む中、セイディはヴェリテ公国の資料から欲しい情報がないかと探す。

けれど、大体載っているのはヴェリテ公国の歴史や公爵家についてで、セイディの欲しい『聖女の情報』はあまり載っていない。

（当然と言えば、当然なのかもしれないけれど……）

聖女の情報はその国の戦力に直結する。つまり、易々と他国に漏らしてはならない情報ということ。

が、リア王国やヴェリテ公国のような聖女国家はほんのちょっぴりの情報を出す。それは、他国に狙われないため。自らの戦力を大雑把に出すことで、国を守るという戦略なのだ。

しかし、その情報はあまり記録には残らない。でも、もしかしたら……と淡い期待をしていた。

だが、やはりというべきか見つかる気配はない。

（お母様のこと、少しでも知れたらと思ったのだけれど……）

眉を下げながら、そう思う。

クリストバルやアルヴィドの言葉を信じるのならば、セイディの母はヴェリテ公国の聖女パトリシアとなる。

ヴェリテ公国の中でも特に力の強い聖女だと、クリストバルは言っていた。ならば、ほんの少しくらい残っていても……と思ったのだ。だが、どうやら見当はずれだったらしい。

（そもそも、お母様のことを知るためには、やっぱり公国へと行くべきなのかしら……？）

クリストバルにされた提案を思い出し、セイディはそう思う。

しかし、首を横にぶんぶんと振ってその考えは捨てた。ここでこの王国を去ってしまえば、恩をあだで返す形になってしまう。

もうしばらくは、この王国に恩を返していかなければ。

（はぁ）

時計の針を見つめれば、司書が施錠すると言っていた時間まであと三十分ほどだった。

……そろそろ、片づけを始めるか。

そう思いセイディは立ち上がり、フレディが資料を取り出していた場所へと向かう。

こういう場所の資料は必ず元の場所に戻さなければならない。幸いにも資料には番号が振ってあり、その通りに戻せば元通りになるような仕組みになっていた。

そのため、セイディは何のためらいもなく資料を戻していく。……なんだか、片づけみたいだな。

そう思うと、自然と心が弾んだ。

（そういえば、寄宿舎にある雑誌置き場も、一度整理した方が良いのかも……）

ふと仕事のことを思い出した。そんな中、セイディは最後の一冊を元の場所に戻した——ときだった。

「——えっ⁉」

何故か、目の前の本棚が倒れてきた。それに驚いて身を引こうとするものの、驚きからか上手く避けられない。

「セイディっ！」

もうすぐ、身体に本棚が当たってしまう——というところで、誰かに腕を強く引っ張られる。

そのおかげで、何とか直撃は免れた。もちろん、何冊かの本が身体に当たってしまったのは確かだが、そこまで気にしていられる余裕はない。

「いったぁ……」

思わずそう言葉を漏らせば、頭の上から「大丈夫？」という声が降ってきた。

その声に驚いて顔を上げれば、至近距離にほかでもないフレディの顔がある。

「……え？」

「ちょっと、不安定だったのかもなぁ」

彼はぎこちなく笑いつつ、そう言う。

大きな物音に気が付いてか、司書の青年が駆けつけてきた。彼はこの光景を見つめたかと思えば
「あー」と声を上げ、頭を抱える。

「す、すみません……！　そこの本棚、実は少し壊れておりまして……！」

よくよく見れば、この本棚は二つの本棚を縦に積んである形らしかった。そして、上側が倒れて
きてしまったようだ。幸いにも、そこまで背は高くない。

「つい先日、本棚の破損に気が付いて、応急処置はしていたんですが……！」

青年が本棚を見つめ、ぺこぺこと頭を下げながら謝罪をしてくる。

……まぁ、怪我がないからよかった……の、かもしれない。

「いえ、大丈夫です。……今後、同じようなことがないようにしていただけると」

ぎこちなく笑いながらセイディがそう声をかけると、青年は「はい」と言いながらも項垂れた。

それから、顔を上げてフレディに視線を送る。彼は何故かにっこりと笑っていた。……場違いだ。

「いやぁ、セイディに怪我がなくて本当によかったよ」

彼はそう言いながらまた笑う。

確かに、助けてくれたことに関してはお礼を言うべきだ。それくらい、セイディにだってわかっている。

だけど――……。

「……あの」

「うん？」

「そろそろ、放していただけないでしょうか？」

恐る恐るといった風にセイディがそう言えば、彼はにっこりと笑った。……あ、何となく、嫌な予感が――……。

「嫌だ」

予想通りというべきか、彼はそう言ってきた。

だからこそ、セイディは「はぁ」と露骨にため息をついてしまう。

今、セイディはフレディに抱きしめられているに近い状態だ。いくら何でもこんな状況を誰かに見られてしまえば、勘違いされてしまう。

助けてもらったことに関しては、感謝している。が、それ以上の感情はフレディに抱けていないというのに。

そう思うものの、どうしたら解放してくれるのかがよく分からない。その所為でセイディが俯いてじっと黙り込んでいれば、彼は何を思ったのだろうか。セイディの顔を覗き込んでくる。

「最近、暗い顔が多いね」

「……そう、でしょうか？」

「うん、強《したた》かなキミらしくない表情だ」

そう見えていたのならば、また表情を整えなくては。

そんな風に思い、セイディは自分の頬をむにむにと揉む。

あまり暗い表情は人には見せたくない。その気持ちだけが、先行していた。

「あのさぁ、セイディ」

「……はい」

そうしていれば、フレディが声をかけてくる。それに反応するように返事をすれば、彼は意外な言葉を投げつけてきた。

「別に、暗い表情が悪いって言っているわけじゃないんだよ？」

彼の表情は、とても真剣なものだった。

「僕は暗い表情が悪いって言っているわけじゃなくてね。キミにそんな表情をさせる輩を、何とかしたいって思っているんだよ」

ニコニコと笑いながら、フレディはそんな言葉を紡いでいく。

その表情は本気でそう思っているかのようにも、セイディには見えてしまった。

「……ですが、迷惑では」

じっと下に視線を向けて、そう呟けば彼は「……あのねぇ」ともう一度言いながらセイディの身体をパッと放した。

「キミに迷惑だなんて言ってきた輩が、いたの？」

「……そういう、わけでは」

「じゃあ、頼ればいいんだよ。……迷惑だって突っぱねられたわけじゃないんだったら、それでいいじゃない」

確かに、それは一理ある。でも……いや、違う。

（頼れるときは、頼った方が良いのよね。それに、皆様、今までだって私のことを助けてくださったじゃない）

それはきっと、フレディだって一緒なのだろう。

「……あの、フレディ様」

「うん」

彼に声をかけて、視線を彷徨わせる。なんと言おうか。そんな風に悩んでいれば、ふと「あの」と何処からか声をかけられた。

慌ててそちらに視線を向ければ、そこには司書の青年がいる。

「申し訳ないのですが、片づけたいので、一旦退室してくださいますか……？」

本当に申し訳なさそうにそう言う彼に対し、セイディは反論できなかった。それどころか、思わず手伝おうかと声をかけてしまう始末だ。

が、彼は眉を下げて断ってくる。曰く、「これはこちらの責任」ということらしい。

「行こうか、セイディ」

対するフレディはあっけらかんとそう言うと、図書室を出て行こうとする。もちろん、セイディの手を引いて。

「……あ、ありがとう、ございました！」

図書室で叫ぶのはあまりいいことではないとわかっている。けれど、一応お礼は言っておかなければ。

その一心で司書の青年に向かって比較的大きな声でそう言えば、彼はぺこりと頭を下げていた。

それからしばらく歩いて、王宮の図書室を出て行く。

フレディと二人で歩いていると、周囲からの視線が痛い。それは、一体どうして？　なんて、理由はとっくの昔にわかっている。

(今までは、彼が美形だったからだけれど……)

フレディが帝国からの刺客だったということは、王宮内では常識と化している。つまり、この痛い視線はフレディの思惑を探っているという意味もあるのかもしれない。

(もしも、あの後ずっと彼がこんな視線に晒されていたのだとしたら……)

居心地は、あまりよくないだろう。

ミリウスがある程度のフォローをしてくれているとはいえ、それさえも妬む人は多いはず。

王族のお気に入りなど、誰もがなりたい立場なのだから。

「ねぇねぇ、セイディってば」

そんな風に考えていたからなのか、フレディに名前を呼ばれていたことに気が付けなかった。

そのため、セイディは慌てて謝罪の言葉を口にする。すると、彼は露骨に肩をすくめる。

「別に、謝ってほしいわけじゃ、ないんだけれどなぁ……」

彼は乾いた笑いを零し、そう言葉を続けた。

「とりあえず、寄宿舎の方まで送るね」

「……い、いえ、そこまでしていただくわけには」

「僕がセイディと一緒にいたいからやっていることなんだよ。つまり、下心満載」

その言葉はにっこりと笑って言う言葉ではないだろう。

内心でそう思うものの、もしかしたら彼もこの痛い視線の数々に疲弊しているのかもしれない。

だから、少しでもセイディと一緒にいることで、気を紛らわせようとしているのかもしれない。

そう思ったら、何となく邪険にすることは出来なかった。

「では、よろしく、お願いいたします」

そんな風に思うからこそそう言えば、彼はその笑みを深めていた。その笑みがあまりにも美しくて……セイディは、思わず見惚れてしまう。

「それに、もうちょっと話していたいしね」

見惚れるセイディを他所に、フレディはそれだけを言ってまた歩き出す。

なので、セイディも彼の後に続いて歩き始めた。

途中、フレディが思い出したように天井を見上げたのは――意味が、分からなかったが。

呼び出し

図書室での一件があってから、数日が経った頃。

せっせと玄関の掃除に勤しんでいたセイディの許に、一人の見知った顔の騎士が現れる。

彼はセイディの顔を見ると、にっこりと笑った。

「副団長が呼んでいるぞ」

なんてことない風に、彼はそう言ってきた。

「……アシェル様が？」

怪訝そうにそう言葉を返せば、彼は「あぁ、理由は知らないけれどな」と言いながらも頭を掻いた。

何ともはっきりとはしない態度だ。

「何でも、ちょっと聞きたいことがあるとか、なんとか……」

騎士がそう続けるのを聞いて、セイディはさらに頭上に疑問符を浮かべてしまった。

アシェルに聞かれることなど、あっただろうか？

そう思っていれば、彼は「まぁ、行ってこいよ」と言ってセイディの肩を軽くポンッとたたいた。

かと思えば、そのまま寄宿舎の中に入っていく。

時計の針は丁度午後三時を指しており、多分だが彼は休憩に行くのだろう。

（理由はわからないけれど、行かなくちゃね）

セイディの雇用主はミリウスになっているが、実際に雇用しているのはアシェルといった方が正しい。

もしかしたら仕事の話かもしれないし……と思いセイディが掃除道具を片づけていると、後ろから「セイディさん？」と声をかけられた。

「どう、なさいました？」

そちらに視線を向けながらそう問いかければ、そこには少年騎士の一人であるオーティスがいた。彼はセイディの顔を見て、はにかむ。

「いえ、セイディさんの顔を見かけたものだから、ついつい声をかけてしまって……」

照れたようにそう言う彼の姿は、大層可愛らしい。胸がきゅんとしてしまうレベルだ。

「今日のお仕事は、終わりですか？」

「いえ、ちょっとアシェル様に呼び出されまして」

肩をすくめながらそう言うと、彼は「そうなんですね！」と元気よく返事をくれた。

「そういえば、副団長明日は休暇らしいですよ！」

……その情報は、一体どこで役に立つのだ。

心の中でそう思いつつも、セイディは「そう、ですか」と言葉を返す。対するオーティスは「珍しいですよね」と言っていた。

（まぁ、確かにアシェル様が休暇だなんて珍しいわね……）

騎士団の福利厚生は良い方だし、しっかりと休暇制度もある。ただし、アシェルやリオに関してはそれがほぼ機能していないらしく、彼らは休みを取ってもほとんど半休。最悪の場合一週間働き詰めのときもあるという。……まさに、ブラックな職場。

「あと、最近団長が少し真面目に仕事をしてくれるって、喜んでました！」

だから、その情報は一体どこで役に立つのだろうか。

またまたそう思いつつ、セイディは頬を引きつらせる。

セイディの中のミリウスのイメージは、いつも通り自由気ままだ。つまり、セイディからすればミリウスの態度が変わったとは思えない。……付き合いの長いアシェルだからこそ、分かる変化もあるのかもしれないが。

「……あ、って、俺、ついつい話し込んじゃって……迷惑でしたよね」

思い出したようにオーティスはそう言うと、がっくりと肩を落とした。

だからこそ、セイディは「いえ、お構いなく」と言ってゆるゆると首を横に振る。

「むしろ、励まされました」

「……え？」

「実は、ちょっと最近いろいろと考えることが多くて……。オーティス様とお話ししていると、少し気が紛れるのです」

それはセイディの正真正銘の本音。

実際にアルヴィドのことや借金のこと。実家のことやら実母のことで頭の中はこんがらがっていたのだ。

そんなセイディの現状を知っている騎士たちは、気を遣ってくれる。けれど、オーティスのように純粋に話をしてくれると、また違った励ましがあるのだ。

「……だったら、よかった」

オーティスが息を吐いてそう言葉を零す。

その様子がとても可愛らしくて、セイディの中で彼のことを撫でまわしたいという願望が生まれる。……まぁ、そんなことをしている場合ではないのだが。

「では、行ってきますね」

一応そう挨拶をして、セイディは騎士団の寄宿舎を出て行く。

アシェルの居場所は大体王宮にある騎士団の本部と決まっている。何もなければ彼はそこで仕事に追われている。……悲しいかな、彼にとって仕事に追われるというのは日常なのだ。

(……呼び出される覚え、ないのだけれど)

アシェルがセイディを呼び出す理由で一番に考えられるのは、何かをやらかしたがためのお小言。もしくは説教である。

しかし、最近は失敗も減っているし、特別呼び出されるようなことをした覚えは……ない。心当たりも、ない。もしかしたら、無意識のうちに何かをやらかした可能性はあるが。

(ううん、考えていても埒が明かないわ。とりあえず、行きましょう)

だが、そう思いなおしセイディは歩を進めた。

その後、騎士団の本部の部屋の前にたどり着く。そして、セイディが扉をノックしようと手を伸ばしたときだった。

——いきなり、扉が開いた。

「いったぁ……」

その所為で、思いきり扉に頭をぶつけてしまう。

自然とそう言葉を零せば、「悪い悪い」というこれっぽっちも悪いと思っていないような声が降ってきた。

「……って、セイディか」

「……ミリウス様」

そのお気楽な話し方。この声。間違いない——ミリウスだ。

顔を上げながらそう思っていれば、確かにそこには予想通りミリウスがいる。

彼は「頭、大丈夫か？」と一応心配する素振りは見せてくれた。……まぁ、大丈夫……ではあると、思う。

「はぃ、一応、大丈夫、です……」

すごい勢いで扉にぶつかってしまったので、多少の痛みはご愛嬌だろう。……あとで、あざになっていなければいいが。

「そっか。大丈夫だったらよかったよかった。……じゃ、行くわ」

「ちょっ！」

ミリウスはそれだけを言うと、颯爽とその場を立ち去っていく。……何だろうか。いつもの彼らしくない……というよりは、急いでいるようにも見えてしまう。

そう思ってセイディが扉にぶつけた部分を押さえていると、ふと「セイディ」と名前を呼ばれた。そこにいたのは、今回セイディを呼び出した張本人であるアシェルだった。

「あ、アシェル様……」

「悪いな、団長が。ちょっと、込み入った用事があるらしくて……」

苦笑を浮かべながらアシェルがそう説明してくれる。どうやら、やはり彼は急いでいたらしい。だからこそ、謝罪も最低限だったのだ。何となく、納得がいく。

「ま、俺の呼び出しで来たんだよな。入ってくれ」

「は、はい」

アシェルが扉を開けて騎士団の本部に招き入れてくれる。そのためセイディが部屋に足を踏み入れれば、騎士団の本部は驚くほどに片づいていた。今まで、ずっと雑然としていたはずなのに。

「……片づけました？」

怪訝そうにそう問いかければ、アシェルは「まぁ、そうだな」と言いながら頬を掻く。

「今度、陛下がこっちに視察に来ることになったんだ」

「えっ⁉」

「そのために片づけたんだ。……まぁ、すぐに散らかるけれど」

彼はそう言いながら応接用のソファーに腰を下ろす。なので、セイディも彼の対面に腰を下ろした。

そうすれば、アシェルは「で、用事なんだけれどな……」と言いながら、辺りをちらりと見渡す。

騎士団の本部には今、アシェルとセイディしかいないらしい。リオやクリストファーがいないことが少々気になるが、今はそれを気にしている場合ではないだろう。

「実は、セイディの異母妹のことなんだけれどな……」

「レイラが、どうかしましたか？」

どうして、アシェルの口からレイラのことが出てくるのだ。

そう思っていれば、彼は眉間にしわを寄せた。

「いや、ヤーノルド伯爵領の方に探りを入れていたんだよ」

……そんなもの、初耳だ。

「団長からそうするようにと指示を受けてやった。……まぁ、仕事は増えたけれどな」

「あ、ははは……」

「それはいつも通りだから、気にすることじゃない。問題は……レイラ・オフラハティの最近の行動についてだ」

アシェルはそう言うと、立ち上がり自身の執務机の方に移動した。そこから何か資料のようなものを取り出してくると、それをセイディに手渡してくる。

そこに書かれているのは、レイラの最近の素行のようなものらしかった。

（贅沢三昧って……うん、いつも通りなのだけれど……）

セイディがいた頃と、全く変わっていないじゃないか。

そんな風にセイディは思うが、ふと違和感を覚えてしまった。

（あれ？　でも、お父様もジャレッド様もいらっしゃらないわよね……？）

オフラハティ子爵家のお金を管理しているのは、アルヴィドだ。いくら何でもレイラが持ち出すことは出来ない。ついでに言えば、セイディの継母であるマデリーネにもそんな権限はない。持ち出そうとすれば、いくら何でも執事が止めるはずだ。

そして、レイラに貢いでいたジャレッドももういない。そうなれば……一体、誰がこのお金を出しているのだろうか？

「えぇっと、レイラが贅沢三昧なのは、今までと全く同じなのですが……」

「あぁ」

「このお金、一体どこから出ているのでしょうか……？」

借金取りがセイディの許に押しかけてきたことからするに、借金をするあてもないだろう。

金貸しには独自のネットワークがあり、返せない人間にはお金を貸さないためだ。借金の返済が滞っている以上、オフラハティ子爵家にお金を貸すバカはいないはず。

（まさか、レイラは何か危ないことに手を出しているんじゃあ……！）

彼女のことだ。騙されて何か手を汚している可能性も少なくはない。そんなことを考えると、頬を引きつらせるどころの騒ぎではない。

「そうなんだよな。そこが、一番の問題なんだよな」

セイディの言葉に、アシェルがテーブルをとんとんと指でたたきながらそう返してくる。

どうやら、彼もセイディと同じ部分を怪訝に思っていたらしい。

「当主も婚約者もいない今、誰がレイラ・オフラハティに金を出している？　新しい金蔓《かねづる》でも見つけたのならば、問題ない。そこまで口を挟む理由もないしな。……ただ」

「……マギニス帝国絡み、ですか？」

「あぁ」

セイディの神妙な問いかけに、彼は頷いた。

マギニス帝国に聖女の情報を売っているのだとすれば、それはかなりの大金になるはず。そのお金で贅沢をしているなどと考えたくはない。でも、彼女の性格上それはあり得る可能性なのだ。

「というわけで、だ。……ここからが、本題なんだが」

「今まで、前置きだったのですね」

「まぁな。……で、話を戻す。……俺と一緒に、ヤーノルド伯爵領に行くぞ、セイディ」

「……はぃ？」

ちょっと待て。今、彼はなんと言った？

（聞き間違いじゃなかったら、私がアシェル様と一緒にヤーノルド伯爵領に行くって聞こえたような……）

何故。一体、どうしてそうなる。

心の中でそう思っていれば、アシェルは「いいな？」と念押ししてくる。……どうやら、逃がすつもりはこれっぽっちもないらしい。

しかし、セイディとて易々と納得できるわけがない。

アシェルと共に出掛ける。それも、ヤーノルド伯爵領ともなれば、泊まりとなってしまうだろう。そうなれば、騎士団の仕事は滞るだろうし、メイドの仕事も滞ってしまうだろう。

「で、ですが……アシェル様にも、お仕事が……」

頬を引きつらせながら、断りの言葉を探しセイディはそう告げた。

が、アシェルは「俺は明日休暇だ」と言って頬杖を突いていた。……確かに、オーティスもそう言っていた。

「そ、そうかも、しれませんが……」

「今日の夜に行って、明日の夜にこっちに戻ってくる。それから、明後日は昼からの仕事にすれば問題ない」

「え、えぇ……」

それはかなりのハードワークなのでは？

心の中でそう思ったものの、アシェルにとってはこれが普通なのだ。そもそも、彼だってセイディに心配されるなど不本意だろう。

「メイドの仕事に関しては休みを取ってもらう。悪いが、これは決定事項だ」

どうやら、もう何を言っても覆らないらしい。

それを悟り、セイディは「……わかりました」と言ってこくんと首を縦に振る。

（あんまり気乗りはしないけれど、これも仕方がないのよね……）

レイラのことを知るためには、ヤーノルド伯爵領に行った方が良いのは目に見えている。

正直なところ、行きたくないという気持ちはあるが。

「じゃあ、そういうことだ。一応夕方に出ることになる」

「……馬車は、別々ですよね？」

「当たり前だろ。……っていうかな、俺は馬で行くからな。セイディは馬車で後からついてくればいい」

……それ、結局セイディは行く意味があるのだろうか？

そう思ったが、ヤーノルド伯爵領に詳しいのはセイディの方である。そういう意味で、彼はセイディに同行を求めているのだ。

「というわけだ。俺は準備をするために寄宿舎に戻る。……セイディも、ついてくるか？」

「まぁ、私も戻るつもりですからね」

苦笑を浮かべながら、彼の言葉に頷き立ち上がる。

その後、アシェルと本部の扉を開ければ、部屋の前にはリオがいた。彼の手には紙袋が握られており、どうやら買い物か何かに行っていたようだ。

「リオ。この後は予定通りセイディとヤーノルド伯爵領に出向くことになった」

「はぁい、分かったわ。いってらっしゃい」

ひらひらと手を振りながらリオはそう言う。

（……なんだか、軽くないかしら？　いや、間違いなく軽いわ……）

そんな風に思うと頭を抱えてしまいそうになるが、セイディはその気持ちをぐっとこらえる。ただ「いってきますね」と言うだけだ。

「あぁ、そういえば副団長。……ジャレッド・ヤーノルドの処分についてなのだけれど」

「そこら辺は団長の裁量次第だな。……まだ引き出せていない情報がありそうならば、現状はそのままでいい」

「はぁい」

リオはアシェルの言葉にそれだけの返事をすると、本部に入っていく。

残されたのは、アシェルとセイディだけ。

「……セイディは、ヤーノルド伯爵領に住んでいたんだよな？」

「えぇ、そうですね」

聖女としてヤーノルド神殿に従事していたため、伯爵領に住んでいた。それは、間違いない。

「実家には、戻っていたか？」

不意打ちの問いかけに、セイディは呆然としてしまう。が、すぐにハッとした。

「え、えぇ、まぁ……。神殿に泊まり込む日もありましたが、大体は戻っていましたよ」

実家に戻っていてアルヴィドやマデリーネ、レイラの動向に気が付けなかったのはいかがなものだろうかと、自分でも思う。けれど、気が付かなかったのだから仕方がない。……それに。

（もしも、私が勘当されていなかったら……私も一緒に、罰を受けることになっていたのかもしれないわ）

無知だって、罪に値するのだ。彼らの勝手な行動でも、セイディは罪人の娘としてレッテルを貼られていただろう。

……そもそも、祖父母や先祖が大切にしてきたオフラハティ子爵家をこの代で絶やすのは、心苦しい……かも、しれない。

「あの、アシェル様……」

そう思ったら、セイディはアシェルに声をかけていた。彼はきょんとした様子でセイディを見つめてくる。……美形とは、どんな表情をしていても素晴らしいものである。

「……私、なんだかんだ言っても、オフラハティ子爵家にはいろいろと思うことがありまして」

「あぁ」

「だから、こんな形で終わるのは嫌だなぁって、思ってしまいまして……」

自分勝手な考えだとわかっている。でも、セイディを愛してくれた祖父母のことを思うと、なかなか冷酷にはなれそうにない。割り切れたら、楽なのに。

「そうか」

「だけど、仕方がないですよね。あきらめます」

苦笑を浮かべてそう続ければ、彼は何を思ったのだろうか。セイディの頭にポンッと手のひらを置く。

「だったら、セイディ自身が何とかすればいいだろ」

「……え？」

（それは一体、どういう意味？）

そう思ったものの、きっとセイディ自身がオフラハティ子爵家を継げとか、そういうことなのだろう。……勘当された身ではあるのだが。

「で、ですが……」

「ま、今は前向きに考えられなくてもいいだろ。……いずれ、時が来たら、だからな」

アシェルはそれだけの言葉を残すと、「置いていくぞ」とさっさと歩き出す。

そのため、セイディはそれよりも先の言葉を聞くことは出来なかった。

情報収集とアシェル

「うわぁ、何も変わってない……！」

馬車の窓からヤーノルド伯爵領を見つめながら、セイディはそう零す。

窓の外を流れるヤーノルド伯爵領の光景は、セイディがいた頃と何も変わっていない。

豊かな自然の先の先。そこにあるのは――少し前までセイディが従事していたヤーノルド神殿。

（……神官長、元気にしていらっしゃるかしら？　ジャレッド様があぁなってしまい、気落ちしていなければいいけれど）

幸いにもジャレッドには年の離れた弟がおり、跡取り問題は特にない。けれど、嫡男として大切に育ててきた息子が突然罪人になってしまったショックは計り知れないだろう。

（……まぁ、神官長の性格だと、ジャレッド様のことはもうすでに割り切っていそうだけれど）

そう思いなおす。

そのまま馬車が走り、一番にやってきたのはやはりと言うべきかヤーノルド神殿だった。

馬車から降りて、ヤーノルド神殿の入り口に立てば、すぐそこに一人の聖女がいた。彼女はセイディの顔を見ると、ぱちぱちと目を瞬かせる。まるで、お化けか何かでも見たような態度だな。心の中でそんな失礼なことを考えていれば、彼女は一拍置いて「神官長！」と叫び神殿の中に駆け込んだ。

そして、それを見計らったかのように神殿の中からアシェルが現れる。彼は開口一番に「遅かったな」と言ってくる。

そりゃそうだ。馬車と馬。どちらが早いかなど、子供でも分かる。

「遅くなってしまって、申し訳ございませんでした」

決してセイディの所為ではないが、一応謝っておこう。そう思い軽く謝罪をすれば、彼は「全く気持ちがこもっていないな」と言いながらも笑ってくれた。

「アシェル様は、一足先に来られていたのですよね？」

気になっていたことを問いかければ、彼は「あぁ」と肯定の返事をくれた。

「しばらくここら辺を見て回りつつ、先ほどこっちに来た。一応神官長に会っておこうかと思ってな。……まぁ、まだ会えていないけれど」

「……見て回っていたのですか？　伯爵領を？」

「何か問題でもあるか？」

そう言われても、アシェルほどの美形がこんな田舎にいたら……噂になってしまうのではないだろうか？

セイディはそう思ったものの、口には出さない。だからこそ、ただぎこちない笑みを浮かべて「いえ、何でも」と言うだけだ。

「……目は何か言いたいことがあると言っているんだけれどな」

セイディの頬をぐにーっとつかみながら、彼はそう言う。

彼の目は軽く怒っているようにも見える。……隠し事をされるのは、確かにあまりいい気分にはならないだろう。

「い、いえ……こんな田舎に、アシェル様は似つかわしくないなぁって、思っただけです」

さすがにいつまでも頬を掴まれるのは辛いので、セイディはあっさりと白状する。

すると、彼は露骨にため息をついた。

「似つかわしいとか似つかわしくないとか、そういうのどうでもいいだろ」

彼はそう言うが、田舎の情報網はとんでもないのだ。こんなことを言っては何だが、多分人だかりができるのも時間の問題だと思う。

「ですが、田舎の情報網を舐めない方が良いですよ？　何かをやらかしたら、一瞬で広まりますから」

「……まぁ、覚えておく」

いい噂は広まらないのに、悪い噂ばかりが広がるのはなんだかいろいろと思ってしまうけれど。

そんなことを思いつつセイディがアシェルと会話をしていれば、神殿の奥から一人の男性が顔を出した。何処となくジャレッドの面影がある彼はセイディの顔を見ると、「……セイディ、か？」と確認してきた。彼は目元を腕でごしごしとこすっている。

まるで、幽霊でも見たかのような態度である。

「えぇ、お久しぶりです、神官長」

一応あいさつをしておこうとセイディがそう言えば、神官長はセイディの方に駆けてくると──今にも土下座しそうな勢いで頭を下げてきた。

「セイディ、本当に悪かった！　うちのバカ息子が……！」

「い、いえ、その……」

もしかしたら、神官長にとってセイディのことは胸のつっかえになっていたのかもしれない。今更になってその可能性に気が付き、セイディは自分の浅はかさを反省する。

婚約破棄をされて、追放されて。清々したと思っていた。が、こういう風に気に病んでくれる人が、いたのだ。それに、今の今まで気が付けなかった。

「それにしても、今年の代表聖女はセイディだったと聞いている。……本当に、立派になったな」

今度は涙ぐみながら、神官長はそう言った。彼は厳格な性格ではあるものの、懐に入れた人間には何処までも甘くなれるのだ。

セイディにとっても、彼は第三の親代わりだった。第一、第二の親代わりはもちろん実家の執事ジルと侍女のエイラである。

「ところで、突然来て、何かがあったのか……？」

「……あ、そうでした」

そういえば、ここに来たのはレイラのことを情報収集するためだった。それを思い出し、セイディは表情を整える。

「……実は、レイラのことで」

控えめにそう声をかければ、神官長の眉間のしわが深くなる。

「……レイラが、どうかしたのか？」

あ、これは何か彼女がやらかしているな。

一瞬そう思ったが、彼女には様々なやらかしの前科がある。ジャレッドを誑《たぶら》かしたのはもちろん、仕事をしないなどからほかの聖女には多大なる被害が行っていたのだ。

「えぇっと、いえ、ちょっと、どうしているかなぁと、思いまして……」

心の中に芽生えた嫌な予感を振り払うかのように、手のひらをぶんぶんと振ってセイディはそう言う。

しかし、どうやら神官長はセイディのその言葉を信じていない様子だ。彼はセイディの隣にいるアシェルに視線を向ける。

やはりと言うべきか、彼には嘘や誤魔化しは通じないらしい。

「セイディと一緒に来られた、騎士の方……ですね。本当の理由は、何なのでしょうか？」

神官長の声は微かに震えている。もしかしたら、レイラはとんでもない行動をしたのかも——と思ったのもつかの間。アシェルはにこやかに笑っていた。それは、完全なよそ行きの笑みだった。

「いえ、本当に現状を知りたいだけですよ。彼女の父親が王都で入院してしまったので、連絡を……と、思いまして」

よそ行きの笑みだけではなく、彼のその口調もよそ行きのものだ。丁寧にもほどがある。

セイディはそう思うが、神官長も貴族である。それも、伯爵。アシェルとは対等な身分である。

彼の口調も、ある意味では正しいのだ。

「……さようでございますか」

さすがの神官長もアシェルにそう言われたら、信じるほかないようだ。首を縦に大きく振ると、セイディ、アシェルの順番に見つめてくる。その目は、まるで何もかもを見透かしているかのようだ。

「レイラは、今はここにはいませんよ」

「……え？」

「数日前に、王都に引っ越すと言って聖女の職務も投げ出してしまいました。おかげでほかの聖女たちが迷惑しておりまして……」

神官長がそう言って、神殿の方を見つめる。すると、そこにはこちらを窺う数名の聖女がおり、彼女たちはうんうんと首を縦に振っていた。ちなみに、その中の全員とセイディは面識があった。

「そうなの、ですか……」

でも、セイディが何かを言う資格はない。そもそも、セイディも聖女の職務を投げ出したに等しいのだ。追放されたと聞けば可哀想だと思われるかもしれない。が、投げ出したのとほぼ意味は変わらない。

「……ところで、オフラハティ子爵家は、どうなっていますか？」

「レイラは夫人とともに王都に引っ越すと言っておりましたが、屋敷はそのままのはずですよ。当主の許可なく彼女たちが勝手に売却することは、出来ませんので」

彼の言っていることは正しい。物の所有者の許可なく売却なんて出来るわけがない。そこは、アルヴィドが王都にいることに感謝するべきことだろうか。

（お母様のことを知るためには、一度お屋敷に行った方が良いのかもしれないわね）

そう思うが、それはもうしばらく後になるだろう。

今はとにかく——時間がない。

「アシェル様……」

そっと隣にいるアシェルに視線を向ければ、彼は何かを考え込んでいるようだった。が、すぐに神官長に視線を向ける。

「ありがとうございました。では、俺たちはしばらくヤーノルド伯爵領の方をぶらぶらとして、帰ろうと思います」

「……え」

アシェルの言葉はセイディにとってまさに寝耳に水だった。聞いてもいないことを、今勝手に決められた。むしろ、相談なんて一言もされていない。

「……そうですか。できれば、セイディともう少し話がしたかったのですが……」

「すみませんが、今、こちらにはあまり時間がありませんので……。また後日、セイディだけこっちに送り込みます」

おい、送り込むってなんだ。

心の中でそう思いアシェルをジト目で見つめれば、彼は口パクで「話を合わせろ」と言ってきた。だからこそ、セイディは笑った。誤魔化すように、笑った。

「で、では、神官長。……ごきげんよう」

「あ、あぁ」

セイディはここにいた頃、「ごきげんよう」なんて言ったことは一度もない。

これは、単に代表聖女となる際に「こういう言葉づかいをしなさい」と言われ、口にしみついてしまっただけだ。代表聖女としての職務が終わっているのに、度々口から出てくる。

「……まぁ、時々帰ってくれると、幸いだ」

最後にそう告げられたので、セイディはこくんと首を縦に振る。

何があっても、ここがセイディの始まりの場所であることに間違いはない。嫌な思い出の方が、確かに多いだろう。だけど……故郷であることも、また間違いないのだ。

そんなことを思いつつ、セイディはアシェルに引っ張られて歩いていく。

彼は先ほどから何かを考え込んでいるようであり、セイディのことなど気にも留めない。それが、何となく彼らしくない。

（アシェル様、なんだか一刻も早くあそこから立ち去りたいと思われていたような……）

彼の方が、ヤーノルド伯爵領に行こうと言っていたのに、おかしな話だ。

（っていうか、そもそも、レイラとお義母様が引っ越したなんて、想像もしていなかったわ）

でも、それはそれ、これはこれである。

今考えるべきは、今後のレイラたちの動向である。

とにかく、彼女たちを捜すことの方が先決……なのだろう。

（帝国と癒着している可能性がある以上、今後一ヶ所にとどまる可能性は少ないと考えた方が良いかもしれないわ）

それに、各地を転々とする方がある意味安全だろう。だったら、早いところ王都に戻って彼女たちを捜さなくては――……。

「なぁ、セイディ」

そう思っていると、アシェルに声をかけられた。そのためそちらに視線を向ければ、彼は真剣なまなざしでセイディのことを見据えている。

彼のそのまなざしに戸惑いつつも、セイディも真剣に彼を見つめ返した。

「……まぁ、悪くはない、ところだな」

そうすれば、彼は意外過ぎる言葉を投げつけてくる。

意味が、分からない。

（そんなもの、そこまで真剣な表情をしておっしゃること……？）

セイディがそう思っていれば、不意に周囲に強い風が吹く。さらには鳥たちが飛び立ち、何処となく心がざわつく雰囲気だ。

(なんとなく、嫌な予感がする……)

これは、レイラに関することなのだろうか？

それとも、マデリーネに関することなのだろうか？

アルヴィドはまだ入院中だし、ジャレッドは反省している。ならば、考えられる悪い予感の原因はあの二人が妥当だ。

「さて、ここに来たが一歩遅かったようだな」

そして、アシェルはそう言って歩を進める。だからこそ、セイディは彼に続いて歩いた。

彼の言う「一歩遅い」とは、レイラたちとの入れ違いの件だろう。むしろ、それ以外には考えられない。

「何となくですが、私たちの行動を読んで動いているようにも思えますよね」

肩をすくめながら、セイディはそう言う。それはただの冗談……いや、可能性を指摘しているだけだった。

しかし、アシェル「あぁ、多分そうだろ」とあっけらかんと認める。

「多分だが、セイディの異母妹や継母は、セイディの行動を読んで動いている」

「……え？」

「内通者がいるとか、そういう類じゃない。……多分、何らかの方法でセイディのことを監視している……といった方が、正しいか」

アシェルは何でもない風にそう言うが、それはかなり問題があることなのでは……？

セイディがそう思っていれば、アシェルはセイディの方を振り返る。彼の目は、とてもきれいだった。

「まぁ、それを承知したうえでこっちに来たんだがな。だから、別に構わない。監視されているんだったら、それなりの対策はある」

「……えぇ」

「ひとまず、適当に時間を潰しつつ王都に戻るぞ」

「は、はい」

適当に時間を潰す意味はあるのかと思ったが、大方こちらが彼女たちの思惑に気が付いていないように装うためだろう。

そんなことを考えつつ、セイディはアシェルに続いて歩く。

「ところで、セイディはここら辺に詳しいんだよな？」

「はい。そこそこは詳しいと思いますよ」

いきなり話題が変わったことに戸惑いつつも、セイディは彼の問いかけに言葉を返す。すると、彼は一瞬だけ考え込んだ。

「そうだな……。だったら、ここら辺で何かいい店はないか？」

その後、彼はそう続けた。……いい店。

「それは、飲食店とかそういう意味ですか？　それとも、雑貨屋みたいな……」

「そうだな。日持ちする焼き菓子とかが、一番だな」

「承知いたしました」

ここら辺で焼き菓子を売っている店はたくさんあるが、セイディのイチオシの店がこの近くにある。そこならば、アシェルも気に入ってくれるだろうと思いたい。

（あそこに行くのも久しぶりだし、私も食べたくなっちゃったわね……）

とはいっても、決して頻繁に食べていたわけではない。時々、のレベルだ。

そして、こういうときにこんなことを思うのは不謹慎かもしれないが、食べたくなったものは仕方がない。自分の分も買って帰ろうかと思った。

（あと、皆様へのお土産も買った方が良いかもしれないわね。こっちに来たことがないお方も多いだろうし）

楽しくそんなことを考え、セイディはアシェルにお気に入りの店への道のりを案内する。もちろんセイディもついてきているし、彼が今後ここに来る可能性は限りなく低いので、案内する必要はないだろう。

でも、何となく何かを話していたかった。

アシェルもセイディのその気持ちを汲み取ってくれたのか、特に文句を言うことはない。きっと、セイディが多少なりとも不安な気持ちを抱いていることに気が付いてくれている。

（……本当に、ありがたいわ）

マデリーネやレイラに監視されている可能性があるなんて、思いもしなかった。

それがセイディの中で微かな不安の種になっていることに、彼は気が付いてくれている。やっぱり、彼はよく周囲を見ているのだ。

そう思っていれば、目の前に見知った街並みが見えてきた。ここから離れて半年は経っているというのに、全く変わらない街並みにほっと息を吐く。

「あの辺りに入って、少し歩いたところにありますよ」

アシェルの顔を見上げてそう言えば、彼は「そうか」と返事をくれた。……しかし、何故かその視線はセイディに注がれている。

「……あの？」

どうして、彼がセイディを凝視するのだろうか。

そもそも、彼の顔はとてもいいためセイディにとっては目に毒でしかない。美形とはどれほど見ても慣れないものなのだ。

「いや、何となく顔が見たくなっただけだ」

「……何ですか、それ」

「セイディを見ていると、妹に会いたくなってきてな」

「……私、そんなに幼く見えますか？」

アシェルは妹とかなり年が離れているという。つまり、セイディは幼い女の子と同じ扱いなのかもしれない。

そんなことを思いちょっと気を落としていれば、彼は噴き出した。

「そういう意味じゃない。……あいつも、成長したらセイディみたいになるのかと思ってな」

「……間違いないことを言っておきますと、アシェル様の妹様ですから、私よりもずっとずーっと美しく育ちますよ」

「俺からすれば大して変わらないけれどな」

それは、褒められているのだろうか？

そんな疑問を抱きつつ、セイディはアシェルと共に久々のヤーノルド伯爵領を満喫したのだった。

……まったくもって、不本意ではあったのだが。

お見舞いとリオ

その日、セイディは朝から休暇だった。

というのも、レイラやマデリーネのことを考えていると、仕事でミスを連発してしまったのだ。

普段はミスなど滅多にしないセイディがミスを連発するということから、騎士たちには余計な心配ばかりかけてしまった。

それゆえに、セイディは久々に有休をとったのだ。

（……お義母様やレイラのこと、知らないままじゃ、ダメよね）

かといって、知る術がない。どう足掻いても、彼女たちの動向を知ることは出来ない。

こちらの行動を予測している可能性があるということは、下手な行動を取ることも出来ないということを意味する。

さて、どうしたものだろうか。

(できれば、お父様の許に行きたい。……お義母様のこととか、教えてくださらないかしら?)

アルヴィドの許に勝手に行くことは禁止されている。

そりゃそうだ。相手はセイディを勘当した張本人。何をするかわかったものじゃない。

それに、騎士たちはセイディのことを妹分のように可愛がってくれている。過保護になるのも、ある意味当たり前なのかもしれないのだ。

「うぅ、どうしようかなぁ~」

一人きりの食堂で大きく伸びをしてそう零すと、不意に食堂の扉が開いた。……誰か、水でも飲みに来たのだろうか?

そう思いそちらに視線を向ければ、そこにはいつもとは違うラフな格好をしたリオがいた。彼はセイディの様子を見て何か思ったのだろう。近づいてくると、目の前の椅子に腰かける。

「どうしたの?」

彼は少し困ったように笑いながらセイディにそう問いかけてきた。

彼もまた、セイディのことを心配してくれているのだ。それが痛いほどに伝わってくるため、自分の気持ちを伝えることをためらってしまう。

けれど、ここで言わなくちゃ何も変わらない。

そう考えるからこそ、セイディはリオの目をまっすぐに見つめる。

「……あの、ですね」

「えぇ」

「お父様の許に、行きたいなぁって思っていました」

「……え？」

セイディのいきなりの言葉に、リオが戸惑うのがわかった。いつもはにこやかな笑みを浮かべている彼の表情が、何処となく強張っている。

それを見つつ、セイディは肩をすくめた。

「いえ、レイラやお義母様のことを何か知れないかと思いまして……」

そしてそう続ければ、彼は納得したように大きく頷く。

「そうなのね。てっきり、何か血迷ったのかと思ったわ」

「……どういう意味、ですか？」

「日々の恨みでも晴らしに行くのかと思って」

彼は何でもない風にそう言うが、それはそれでかなりの大問題だ。少なくとも、そんなニコニコと笑って言うことではない。

「そんなの……」

「冗談よ」

しかし、これはどうやら彼なりの冗談だったらしい。

それにほっと息を吐いていれば、彼は笑っていた。

「私はセイディがそういう子じゃないことくらい、知っているつもりよ」

その後、彼はそう続けてウィンクを飛ばしてくる。

「でも、オフラハティ子爵と会うにしても、誰か同行しなくちゃいけないのでしょう？」

「……まぁ、そうですね」

「そうねぇ」

セイディの言葉に、リオがしばらく考える。

それから勢いよく立ち上がった。彼の突然の行動にセイディが驚いていれば、彼はもう一度ウィンクを飛ばしてくる。

「私と行きましょう」

何でもない風に、彼はそう言った。

が、それは良いのだろうか？　アシェルに後から怒られないだろうか？

「アシェル様に、怒られませんか……？」

一応そう問いかけておこう。そんな風に思ってセイディが問いかければ、彼はお茶目な表情を浮かべる。

「まぁ、怒られる可能性はゼロじゃないわね」

……まったく、大丈夫じゃなかった。

「けれど、私は自分の意思でセイディの力になりたいと思ったのよ。……副団長よりも、セイディの意思を尊重したい」

「……それは」

「とか言っているけれど、正直なところ副団長に怒られるのは勘弁願いたいわね」

そりゃそうだ。

彼は怒らせると大層面倒くさい。それがわかっているので、セイディも行動することをためらっていたくらいなのだ。

「だから、早急に許可をもらいに行ってくるわ」

「私も、一緒に」

「いえいえ、いいのよ。こういうことは私に任せておきなさい。これでも私、騎士団の頭脳だから」

にっこりと笑ってリオがそう言う。……そういえば、そうだった。

リオは騎士団では参謀の立場にもおり、作戦を練るのは彼の仕事だという。普段は雑務に追われているため忘れられがちだが、彼は大層頭がいい。

「交渉術も私の方が上よ。……それに、セイディだってあまり副団長の手を煩わせたくはないでしょう？」

「まぁ、そう、ですね」

「副団長に余計な心配をかけないようにもしておくから、安心して頂戴。……じゃあ、一時間後に寄宿舎の前に、ね」

彼はそれだけの言葉を残すと、颯爽と食堂を出て行く。

彼の後ろ姿を見送りながら、セイディは本当にありがたいと思った。この人たちはセイディの味方をしてくれている。

……セイディが問題を引き寄せているに近いというのに。文句一つ言わずに、手伝ってくれている。

(やっぱり、恩返ししなくちゃ)

心の中でその気持ちを強めながら、セイディはとりあえず着替えることにした。さすがに、ラフすぎるこの格好で街に出るのはいただけない。


それから一時間後。着替えを終えたセイディは寄宿舎の前にいた。

今日身に纏っているワンピースは、最近購入したものだ。あまり衣服に気を遣わないセイディではあるが、代表聖女となって以来人目が気になるようになってしまった。

そのため、いくつかワンピースや靴などを購入したのだ。……とはいっても、そこまで高価なものではない。

貴族というよりも庶民が使うような店での購入品である。ついでに言うと、普段はメイド服ばかりなのであまり着ない。

そんなことを考えていれば、遠くからリオが駆けてくる。時計を見れば待ち合わせ時刻の五分遅れ。時間に律儀な彼が、珍しい。そう思ったが、アシェルの説得に時間がかかったのだと考えれば妥当。むしろ、早いくらいだ。

「ごめんなさいね。副団長の説得に、時間がかかってしまって……」

リオは苦笑を浮かべながらそう言う。が、彼の口ぶりからするに説得は成功したのだろう。

だからこそ、セイディはぺこりと頭を下げた。

「お手数、おかけしました」

彼にそう告げれば、彼は目の前で手をぶんぶんと横に振る。

「いえ、気にしないで頂戴」

にっこりと笑って、彼はそう言ってくれた。

「さぁて、じゃあ、行きましょうか」

「……いや、あの、休憩は？」

「そんなものは必要ないわ。私、これでも体力はあるから」

先ほどまでアシェルの説得を頑張ってくれていた上に、駆けてきたのだ。相当疲れているだろうと思ったが、どうやら彼はそこまで疲れていないらしい。

セイディは驚いて目を丸くしてしまうが、この場合はさすがは騎士といった方が正しいのだろう。ある意味感心だ。

「さて、行き先はアーリス病院だったわね」

「はい」

リオの言葉にこくんと首を縦に振り、セイディは彼と並んで歩き出す。

途中王宮に勤める使用人たちとすれ違ったが、皆が皆ぎょっとしたような表情を浮かべていた。

多分、あの衣服に無頓着なセイディがまともな格好をしているからだろう。……予想なんて、普通に出来る。

「ところで、セイディ」

歩いている最中。ふとリオに声をかけられ、セイディは彼の顔を見上げた。そうすれば、彼はにっこりと笑う。その笑みは、大層きれいだ。

「今日は随分と可愛らしい格好をしているじゃない」

どうやら、リオもセイディの変化に気が付いていたらしい。

しかし、何となく照れくさくてセイディは苦笑を浮かべて誤魔化そうとした。が、彼を誤魔化すのは至難の業だということをセイディは理解している。もちろん、無理だった。

「どういう心境の変化？　あ、もしかして好きな人でも出来たの？」

……だが、どうしてそういう風につながるのだろうか？

心の中でそう思いつつ、セイディは「ははは」と乾いた笑いを零す。

「いえ、代表聖女になって以来、どうしても人目が気になってしまいまして……。なので、『光の収穫祭』が終わった後に、買っていたのです。……まぁ、メイド服の方がずっと多いので、しまい込んだままでしたが」

セイディのその説明でリオは納得してくれたらしく、笑いながら「よく、似合っているわよ」という言葉をくれた。

「衣服に無頓着だったのに、いきなりおしゃれをするから驚いちゃったわ」

「……そんなに、私って衣服に無頓着でしたか？」

「ええ、そりゃあもう。……初めの頃、副団長にワンピースを買ってもらっていたくらいじゃない」

確かにそんなこともあった。

この間ヤーノルド伯爵領に出かけた際も、身に着けていたワンピースはアシェルに買ってもらったものだった。

……彼と出かけるのだから、あれを着ていた方が良いというのは理解していたのだ。

「まぁ……そう、かもしれませんね」

リオの言葉にそう返せば、彼はうんうんと頷いた。

けれど、すぐにハッとして「まぁ、今はそんな話をしている場合じゃないわね」と言って肩をすくめた。

「オフラハティ子爵に会っても、大丈夫？」

その後、彼はそう問いかけてくる。……確かに、アシェルも不安だからこそ反対したのだろう。

それは、なんとなくわかる。でも。

「はい、大丈夫です。……それに、お父様ともいい加減向き合わなくちゃならないと思っていますから」

目を伏せて、セイディはそんな言葉を紡ぐ。

それに、今のアルヴィドならばセイディの話をまともに聞いてくれると思ったのだ。

今までの彼ならば、マデリーネやレイラの言いなりだったが、今の彼ならば――セイディの話に耳を傾けてくれる。そんな確信があった。

「そう。……貴女は、強いわね」

「え？」

リオがふと零した言葉に、セイディは驚いてしまう。そんなリオは、何処か遠くを見つめていた。

「私も、いずれは向き合わなくちゃならない人がいるの。……だけど、怖くて向き合えない」

「……そ、れは」

「なーんて、しんみりとするのは私じゃないわね。とりあえず、辻馬車でも捕まえましょうか」

先ほどのしんみりとした空気を打ち消すかのように、リオは笑ってそう言う。

だから、セイディは頷くことしか出来なかった。

（リオさんが向き合うべき相手って……）

一体、誰なのだろうか。

そう思ったが、これはセイディが口出し出来ることではない。

それは理解していたので、セイディは静かに口を閉ざした。

その後、リオと共に辻馬車を捕まえ、乗り込む。

馬車の中では他愛もない会話を繰り広げ、二人の間に沈黙が流れることはなかった。

やはり、リオと一緒にいるのが一番心地いい。そう思いつつ、セイディはふと馬車の外を見つめた。

空は青々としているものの、まばらに雲が浮かんでいる。が、雨は降りそうにない。

（……お父様）

何処となく様子がおかしかったアルヴィドのことを思い出しながら、セイディは「ふぅ」と息を吐いた。

すると、リオが心配そうな表情でセイディのことを見つめてくる。だからこそ、セイディは首を横に振った。

「いえ、何でもありませんよ」

静かにそう告げるとほぼ同時に、馬車が止まる。どうやら、アーリス病院にたどり着いたらしい。

辻馬車の御者に料金を払い、馬車を降りる。病院の受付でアルヴィドのことを出せば、受付の女性は病室を教えてくれた。その部屋はどうやらこの間とは違う部屋のようだ。

「ありがとうございます」

それだけを告げ、セイディはリオと共に病室へと向かおうとする。だが、不意に受付の女性がセイディのことを呼び止めてきた。

……一体、何だろうか。

そんな風に思って彼女の方に視線を向ければ、彼女は少し言いにくそうに口をもごもごと動かす。

そのため、セイディは怪訝に思ってそちらに近づいた。

「えぇっと、貴女は、オフラハティさんの娘さん……ですよね？」

「はい、そうですが……」

どうしていきなりそんなことを問いかけてくるのだろうか。

微かな疑問を抱き女性に返事をすれば、彼女は露骨に肩をすくめる。

「では、オフラハティさんの奥様のこともご存じで？」

続けて、彼女はそう問いかけてくる。

……奥様。それは、つまり。

「……お義母様のこと、です、よね」

セイディの継母であるマデリーネのことだ。

それを悟りこくんと首を縦に振れば、女性は眉を下げた。

「実は、病院側は彼女に迷惑しているのです」

そう言った女性の表情はとても弱々しく、何か嫌なことがあったのは一目瞭然だ。

「何か、ありました？」

ゆっくりとそう問いかける。そうすれば、彼女は視線を一瞬だけ逸らすものの、すぐにセイディに向けてきた。

「実は……オフラハティさんを即時に退院させろ、と乗り込んでこられたことが何度もありまして……」

「……え？」

「正直、オフラハティさんは今の状態だと退院することは難しいと反対はしました。ただ、聞く耳を持ってもらえず……」

額を押さえながら、女性がそう続ける。……この話を聞くに、マデリーネは何度もここを訪れている。

数日前までヤーノルド伯爵領にいたということから、彼女はそちらからこちらに足しげく通っていたということになる。

（……ヤーノルド伯爵領から王都まではかなり時間がかかるわ。それが面倒になったから、こちらに引っ越してきたというのもあるのかしら？）

けれど、それにしてはタイミングが絶妙だ。

心の中でセイディがそう思って悶々としていれば、女性は声を上げる。

「どうか、そちらからも注意していただけませんか？」

……正直なところ、マデリーネがセイディの言葉に耳を傾けるとは思えない。

しかし、このままでは病院側に迷惑がかかってしまう。ならば、何とかしてマデリーネを止めるのがセイディの役割といったところだろうか。

「わかりました。では、出来るだけ早めに伝えますね」

にっこりと笑ってそれだけを告げ、セイディはリオと共にアルヴィドの病室を目指す。

（……お義母様、お父様を退院させて何がしたいのかしら……？）

一瞬そう思ったが、もしかしたら屋敷とか土地とかの権利が欲しいのかもしれない。

そもそも、屋敷や土地などの権利はすべてアルヴィドが持っているため、マデリーネ一人ではどうすることも出来ないのだ。

「あら、ここじゃないかしら」

そんなことを考えていると、ふとリオがそう声を上げた。

なので視線を上げれば、その病室は確かに受付の女性に教えられた番号が割り振られていた。

だからこそ、セイディは扉をノックする。すると、中から低い男性の声が聞こえてくる。

ゆっくりと扉を開ければ、中にはアルヴィドがたった一人たたずんでいた。ここは相部屋のようだが、今ここに入院しているのはアルヴィドだけのようだ。

「……セイディ？」

彼がこちらに視線を向け、驚いたように目を見開く。

それを見て、セイディは病室に足を踏み入れる。

「……お父様」

少し困ったように首をかしげてそう声をかければ、アルヴィドは少しだけ表情を緩めた。その表情は、何処となく普段の彼とは違う。まるで、心底嬉しいような表情だ。

「セイディ、大きくなったな」

「……お父様」

にっこりと笑ってそう言うアルヴィドに、今までの横暴さはかけらもない。

その所為でセイディが混乱していれば、リオが後ろからやってくる。

なので、セイディは慌てて横によった。

「……オフラハティ子爵、ですね」

「あぁ、そうだが」

「初めまして、リオ・オーディッツと申します」

軽めに頭を下げて、リオがそう自己紹介をする。そんな様子を見たアルヴィドは、不快な表情一つ見せない。

それどころか、笑みを深めるだけだ。

「初めまして、アルヴィド・オフラハティと申します。セイディがいつもお世話になっております」

そして、彼はそんな言葉を口にする。

彼は何でもない風にそう言っていた。

だが、そもそもアルヴィドとリオは一度対面しているのだ。

その際に、彼は言った。

――男爵家の子息、と。

(……お父様は、やっぱり)

誰かに、操られていたのだろう。

それを察し、セイディはアルヴィドの方に一歩踏み出した。そうすれば、アルヴィドは申し訳なさそうに眉を下げる。

「……お前には、悪いことをしたと思っているんだ」

「あ、あの？」

「お前のことに関して、殿下から聞いたよ」

どうして、そこでミリウスの名前が出てくるのだろうか。

心の中でそう思いセイディがきょとんとしていれば、彼はゆるゆると首を横に振る。その姿は、何処となく弱々しい。

「殿下は、度々こちらに訪れてくださっていたんだ」

「……ミリウス、さまが」

確かにミリウスは何度も外に出ているようだった。……そうか。アルヴィドの許に、彼は来ていたのか。

「そのたびに、お前のことを聞いたよ」

彼のその表情はとても弱々しい。だが、何処となく吹っ切れたような様子にも見えてしまう。その所為で、セイディは戸惑う。

「お前は、今は騎士団でメイドとして働いているそうだな」

「……はい」

やっぱり、彼には記憶がないのか。騎士団の寄宿舎に怒鳴り込みに来て、周囲に迷惑をかけた記憶さえないのだ。

……知らない方が良いこともあるとはいえ、このままではセイディの気持ちがやりきれない。

「……セイディ、頼みがあるんだ」

その後、アルヴィドは不意にそう言ってセイディの方に近づいてくる。リオが一応セイディの前に立ちふさがるが、その姿に大した迫力はない。きっと、アルヴィドに敵意がないことに気が付いているのだろう。

「今まで、私がしてきたことを教えてほしい」

「……えぇっと」

「周囲にどれだけ迷惑をかけてきたか、教えてほしいんだ。殿下は、そこまでは教えてくださらなかった」

縋るようにそう言われ、セイディは下唇を噛む。彼は一体、どうしてそんなことを知りたいと言うのだろうか？

心の中でそう思ってしまったが、彼の目を見ていると理解してしまった。

……彼は、今までの行いを償おうとしているのだ。たとえ記憶がなかったとしても、周囲の人間に迷惑をかけたことを、償いたいと思っているのだ。

（……自分勝手、ね）

しかし、セイディはそう思ってしまった。

償いたいと思ったところで、記憶がないのだ。迷惑をかけた人間がどれだけいるかも、分からない。もちろん、セイディもアルヴィドが迷惑をかけてしまった人間の全員を認識しているわけではない。

「……頼む」

だが、深々と頭を下げられてそう言われると、もう何とも言えなかった。

だからこそ、セイディはそっと口を開く。

「話せば、長くなりますが」

「……あぁ」

セイディの言葉に、アルヴィドがこくんと首を縦に振る。そのため、セイディは口を開いて目を細めた。

「では、お茶でも淹れてきますね」

でも、少し頭を冷静にしたい。

そういう意味を込めてアルヴィドにそう声をかければ、彼はまた頷いた。

なので、セイディはアルヴィドの病室を出て行く。

「……セイディ！」

後ろから、セイディを呼ぶ声が聞こえてくる。そちらに視線を向ければ、そこにはリオがいた。

彼はセイディのことを不安そうに見つめてくる。……その心配は、痛いほどに伝わってきた。

「ねぇ、貴女――」

「――なんだか、びっくりしちゃいました」

セイディは苦笑を浮かべながら、そう言葉を返した。

「まさか、お父様が操られていたなんて。……記憶がないなんて。今更実感すると、もうどうしようもなくて」

「……セイディ」

「でも、ほんの少しだけ安心したんです」

ミリウスにその可能性を告げられても、ぴんとは来なかった。けれど、今、彼としっかりと対面して。

ようやく、理解できたような気がした。

「……あぁ、私、お父様に嫌われていたわけじゃなかったんだなって」

今まで、散々嫌われていると思っていた。でも、それは違った。

アルヴィドはセイディのことをなんだかんだ言いつつも気にかけてくれていたのだ。

「お母様のこと、お父様は覚えていてくれたんだなって」

「……そう」

ぎゅっと手のひらを握って、下を向いて。セイディはそう言葉を零していた。

「嬉しかった……って、わけじゃないんです。ただ、安心したんです」

「……そう、ね」

「だからなんだか、不思議な気分です」

あんなにも嫌いで、無関心を貫いてきたアルヴィドに対して、今は不思議と興味が持てる。

それも、完全な嫌悪感に染まった興味ではない。この感情は、一体何なのだろうか。

「……ねぇ、セイディ」

そんなことを思っていれば、リオが声をかけてくる。そして、彼は――そのきれいな指で、セイディの目元を拭う。

そこには微かな水滴がついており、どうやら泣いてしまっていたらしい。

「……貴女、は」

彼が何を言おうとしているのかが、わからない。しかし、ただわかるのは……彼は、セイディの今の気持ちをわかってくれているということだけだ。

「……うぅ」

何となく、安心してしまった。

だからなのか、セイディの目からはまた一粒涙が零れていく。

「こんな風に泣くなんて、私らしくないってわかっています。けど、どうしても……」

涙をぽろぽろと零しながら、セイディはそんな言葉を紡ぐ。

実母のことを、アルヴィドは覚えていてくれた。さらには、セイディのことを気にかけてくれていたのだ。

それに、なによりも――……。

(ミリウス様には、感謝してもしきれないわ……)

ミリウスがアルヴィドにある程度のことを説明してくれていたということ。

度々、彼がこちらに訪れてくれていたということ。

そのすべてがセイディの心に安堵をもたらし、ぽろぽろと涙を零す原因となってしまった。

「……よかった、わね」

リオが優しくそう声をかけてくれる。

そのため、セイディはこくんと首を縦に振った。

だが、それ以上に。冷静になれば心を支配するのは、確かな怒り。

自分の幸せどころか、アルヴィドの人生さえをもめちゃくちゃにした。さらには、セイディを愛してくれた祖父母の気持ちさえも、踏みにじった。その人物は一体、誰なのか。

そんなことを思っても、答えなんてとっくの昔に出ているような気がした。

（……お義母様）

多分だが、アルヴィドを操っていたのは継母マデリーネだ。が、そうなるといくつかの疑問点が浮かび上がってくる。

（そもそも、お義母様がお父様を操っていたとして、それはどうして？）

合わせて、借金のことも不可解だ。マデリーネがアルヴィドを操って借金を繰り返していたとして、その理由がわからない。

だって、帝国と癒着していたのならば……その必要などないだろうから。

（お義母様もレイラも、贅沢好きとはいえそこまでしているとは思えないのよね……）

じゃあ、そのお金は一体何のために借りたのか。

そのお金は、一体どこに消えたのか。

考えつつセイディがぼうっとしていれば、リオに軽く肩をたたかれた。

「そろそろ、お茶を淹れに行きましょうか」

その後、彼はそう言ってくれた。

なので、セイディは頷いてお茶を淹れに向かう。

手際よくお茶を淹れ、アルヴィドの病室に戻れば彼は何処か遠くを見つめていた。しかし、セイディたちが戻ってきたことに気が付いてか、表情を緩める。

「お父様、お茶を、淹れてきました」

「……あぁ」

三人分のお茶を談話用のテーブルに置き、その周りに置いてある椅子に腰かける。ある程度話を終えた後、アルヴィドは何処か遠くを見つめながら、ため息をついた。

「……お父様」

「本当に、私は一体どうしていたのだろうな」

アルヴィドがそう呟く。だからこそ、セイディは彼の目をしっかりと見つめた。

（アーネスト様は、ジャレッド様の心の隙に付け込んだ。つまり、心に隙がある人の方が付け込みやすいということ）

きっと、アルヴィドには何らかの理由で心に隙があり、そこをマデリーネに付け込まれたのだ。

そこまで、理解できる。

「……そう、ですか」

アルヴィドの態度も言葉も、まるでジャレッドと同じだった。けれど、それを伝えることはなくセイディは彼のことを見つめる。

やつれたように見えるのは、気のせいではないだろう。

「あの、お父様」

「……なんだ？」

「一つだけ、お聞きしてもよろしいでしょうか？」

ここにあまり長居することは褒められたことじゃない。それがわかるからこそ、セイディは自分の持っている疑問を解消することにした。

「お義母様……マデリーネ様とは、何処で出逢いました？」

ゆっくりと。だけどはっきりとそう問いかける。

すると、彼はしばらく考え込む。一秒、二秒、十秒、一分。それほどの時間が経った頃、彼は重い口を開く。

「マデリーネとは……そうだな。普通に街で出逢った」

「……その街、とは？」

「帝国に一番近い辺境の街だったと思う。……マデリーネは没落寸前の男爵家の娘だと言っていて」

……帝国に、一番近い街。

ならば、帝国の人間と通じていてもおかしくはない。

リオに視線を向けて頷けば、彼も同じように頷き返してくれた。

「それで？」

「……それまでだ。マデリーネは家名を聞いても『知られていないので』と言って教えてはくれなかった。そのまま、私はマデリーネと恋人関係になった」

「……そう、ですか」

彼の話を聞いたものの、どうやら彼もマデリーネの出自についてはよく知らないらしい。

……よくそれで恋人関係を続けられたものだと思うが、今の時代こういうことは少なくはない。

異国の踊り子に入れあげる貴族も、一定数いる。それと一緒だ。

「ところで、どうしてそんなことを聞くんだ？」

アルヴィドが首をかしげながらそう問いかけてくる。……どう、説明しようか。

必死に頭を動かし、考えた末にセイディは口を開いた。

「……お義母様のことが、気になってしまって」

「そうか」

アルヴィドは納得した様子ではなかった。だが、深入りしてくることはない。聞いてはいけないことだと、理解していたのだろう。

「すまないが、マデリーネに関しては私も詳しくは知らないんだ。……ミステリアスな女性だったから、入れ込んでしまったというのも関係しているだろう……な」

確かに、ミステリアスな人間には不思議な魅力がある。だけど、そんな人物と恋人関係になり、結婚するなどどうなのか――。

（ううん、そのときのお父様はすでに多少なりとも操られていたと考えるのが妥当だわ）

結婚するときにはもう、アルヴィドはアルヴィドではなかったのだろう。

それを、セイディは理解した。

マデリーネの正体

それからというもの、セイディは度々アルヴィドの許を訪れるようになった。

彼を許したか、否か。そこを問いかけられると少々難しいのだが、セイディが訪れると彼はほんの少し表情を緩めるのだ。それが、少しだけ好きだと思った。

だからこそ、セイディは今まで消えてしまった時間を埋めるかのように、アルヴィドに様々なことを話した。

そして、この日はミリウスがセイディと共に病院にやってきていた。というのも、彼がセイディを引っ張ってきたのだ。

「殿下、わざわざ、こちらにいらっしゃらなくても……」

さすがにアルヴィドもミリウスがこちらに来ることに恐縮してきたらしい。

なんといっても、彼は王弟であり騎士団長。仕事は多いだろうに。

そういう意味を込めてアルヴィドがミリウスの来訪を断っているのが、セイディもよく分かった。

だが、彼は首を横に振ると口元を緩める。

「これも、ある意味仕事だからな」

彼は、そう言った。

これが仕事とは、一体どういうことなのだろうか。

一瞬そう思ったが、まだ解決していないことがたくさんあるのだ。

マデリーネのこと、レイラのこと。それらが解決しない限り、セイディだっておちおちと眠ってなどいられない。

その後、三人で他愛もない話をしてセイディは腕時計を見つめる。……そろそろ、寄宿舎に戻らねばならない時間帯だ。

「じゃあ、お父様。私、そろそろ戻りますね」

「あぁ。……殿下、どうか、娘をよろしくお願いいたします」

アルヴィドが深々とミリウスに頭を下げる。アルヴィドのそんな姿を見ても、ミリウスは何も言わない。ただ、深く頷くだけだ。

この日は半休だったので、午後からこちらに来ていた。明日は一日仕事なので、こちらに来ることは出来ないだろう。

セイディがアルヴィドに会いに来るのは半休の日。もしくは、休日の午後だ。いつもは退屈をしてしまい何をするかを必死に考えるのだが、最近では何の迷いもなくこちらに来ている。

差し入れとして王都の美味しいお店の焼き菓子なんかを持ってくるのも、忘れない。言い換えればセイディが食べたいだけともいう。

「お父様、少しずつですが、元気になれていますね」

病室を出て、ゆっくりと歩きながらミリウスにそう声をかける。そうすれば、彼は「……あぁ」

と少し間をおいて返事をくれた。

その間が何となく気持ち悪くて、セイディは彼の顔を見上げる。その横顔は、とても美しい。見惚れてしまいそうなほどだ。

「……なぁ、セイディ」

「はい」

「お前は、現実をわかっているのか？」

不意に、ミリウスが真剣な顔でそう問いかけてくる。……現実を、わかっているのか。

その問いかけに返せる答えなんて、一つしかない。

「わかって、いる、つもり、です」

アルヴィドといつまでもこんな風にかかわれることはない。彼はそれを諭しているのだ。

アルヴィドは重罪人となってしまった。退院すれば牢に入ることになってしまうだろう。いくら意識がなかったとはいえ、ジャレッドの末路を見ればそうなるのは決定事項だ。

「でも、今だけは。……今だけは、少しでもこうやって過ごしていたいのです」

家族に愛されていなかった。家族と呼べるのは、両親ではなく祖父母やエイラ、ジルだった。

けれど、心のどこかでは夢見ていたのかもしれない。……一家だんらん、両親に愛されるということを。

「そうか。わかっているのならば、いい」

ミリウスはそれ以上は何も言わなかった。それをありがたいと思いつつ病院を歩いていれば、後ろから「セイディさん」と声をかけられる。そちらに視線を向ければ、そこにいたのはすっかり顔見知りとなった看護師だった。

「……どう、なさいました？」

ゆっくりとそう問いかければ、看護師は一つの布を取り出してくる。

そして、それを開くと——そこには、美しい青色の宝石がはめ込まれたピアスがあった。

「これは？」

ピアスを見つめながら、セイディがそう問いかける。すると、彼女は少し眉を下げた。が、意を決したように口を開く。

「こちら、オフラハティさんの奥様の忘れ物です」

「……え？」

「つい先日、こちらにいらっしゃいまして……。そこで、これを落としていかれたのです」

セイディはそのピアスを手に取る。美しい宝石は、サファイアだろうか。アクアマリンだろうか。心の中でそう思うものの、微かに魔力を感じる。……そうだ。これは、宝石に見えるが宝石じゃない。

「……セイディ」

隣にいたミリウスが、そう声をかけてくる。だからこそ、セイディは大きく頷いた。

看護師には「預かっておきますね」とにこやかに告げ、病院を早足で立ち去っていく。

「これ、魔法石ですよね」

病院を出て行った後。馬車の中でミリウスにそう告げる。そうすれば、彼はそのピアスの宝石部分に軽く魔力を送った。

淡く光るそれは、青色から黒色に変色する。

「そうだな。……しかも、これはかなり厄介な代物かもしれない」

「……薄々、予感はしております」

この魔法石は――いわば、人を操る魔力がこもっているのだ。

それを理解したセイディとミリウスは、無言でうなずき合う。

「とりあえず、これは鑑定の方に回しておくか」

ミリウスがそう言って手を差し出してくるので、セイディはその手のひらの上にマデリーネのものだというピアスを置く。

青色の宝石だった部分はどす黒くなっており、それほどまでに強力な魔法石ということなのだろう。

（……お義母様は、一体どこで魔法石を手に入れられたの？）

魔法石はマギニス帝国でしか採掘できない代物だ。輸出もせず、観光客に販売もしない。帝国の人間しか手に入らない物である。

そう考えれば、可能性として思い浮かぶのはマデリーネも操られている、もしくは――マデリーネ自身が『帝国の人間』であるということ。

（お父様は、お義母様は帝国に一番近い街に住んでいらっしゃったと、おっしゃっていたわ……）

もしも――いや、これは考えない方向で行こう。

そう思い、セイディはミリウスと共に騎士団の寄宿舎に戻るために移動していく。

「……ったく、面倒な代物だな」

馬車の中で、ミリウスがそう言葉を零す。

彼の手の中には、魔法石がはめ込まれたピアスがある。それを指で弄《もてあそ》びながら、彼は魔法石を真剣に眺めていた。

……鑑定に回すのならば、そんな風に遊んでいてはいけないのでは？

そう思ったが、彼にそんなことを言っても無駄である。そもそも、彼だってそれくらいは重々承知のはず。つまり、分かっていて遊んでいる。……尚更、質が悪かった。

「ミリウス様。……あまり、そうやって遊ばれたら――」

一応、セイディが注意をしようとしたときだった。

ピアスにはめ込まれていた宝石部分が――いきなり、割れた。

パリンと音を立てて魔法石は木っ端みじんになり、それらは馬車の床に零れ落ちていく。

「……俺じゃないぞ？」

ミリウスがそう告げてくる。それくらい、セイディだって知っている。

だって、今、魔法石は『勝手に』割れたのだ。

「何らかの魔法が、かかっていたのでしょうか？」

床に散らばった魔法石の欠片は、まるで空気となるかのように蒸発していく。これは、証拠を残さないためだろう。

「そうだな。多分、そういうことだ」

自分の手の中に残ったピアスの台座部分を見つめながら、ミリウスがそう零す。魔法石がはめ込まれていた部分は空洞になっており、あまりにも不自然だった。

彼の手の中に残った台座の部分をぼうっとセイディが見つめていれば、彼はその台座を大切そうに衣服のポケットにしまいこんだ。

「ミリウス様？」

「一応、これは鑑定に回しておく。……だが、しくったな」

彼が頭を掻きながら、そう言葉を零す。一体、何をしくったというのだろうか？

「……一応、解除魔法を使っておくべきだったかな。……そうすれば、あのままだったかもしれない」

「……あ」

確かにそれはそうだったかもしれない。

セイディには魔法の効力を解除する解除魔法が使えないため、そんなものは端から頭になかった。

が、ミリウスがそう言うということは、彼はそういう類の魔法が使えるのだ。

「ジャックにバレたらうるさいな……。黙っておくか」

「いずれ、バレると思いますよ」

「そりゃそうか」

けらけらと彼は笑う。けれど、絶対にこれは笑いごとではない。

セイディはそう思いつつ、蒸発し空気になっていく魔法石の欠片を見つめていた。……手に取ってみようか。

そう思い手を伸ばそうとしたが――その手を、ミリウスに掴まれてしまう。

「やめておけ」

彼は至極真面目な表情でそう言ってきた。

「……ですが」

「人を操る魔法がかかっていたかもしれない魔法石だぞ？　絶対にろくなことにはならない」

確かに彼の言うことはもっともだ。もしも、それがセイディの体内に入ってしまったら……間違いなく、ろくなことにはならない。

でも……。

セイディがそう思っていれば、魔法石の欠片は一つ残らず消えてしまったようだ。本当に、惜しいことをしてしまった。

「まぁ、台座からでも何かはわかるだろ。……ジャックみたいな優秀な魔法騎士は、なんとでもする」

「……人任せですか」

「そうそう。……それに、いや、何でもないわ」

にんまりと笑いながら、ミリウスがそう言った。……彼は一体、何を伝えようとしていたのだろうか。

心の中でそう思うものの、それをセイディが知る術はない。追及する気も、起きなかった。

（なんとか、お義母様の正体のヒントを手に入れなくちゃ……）

今は、とにかくマデリーネのことだ。彼女のことを何とかしない限り――いい未来は、セイディの許に訪れない。

彼女がアルヴィドを操っている犯人なのか。はたまた――彼女も操られていたのか。

そこは定かではないものの、彼女と向き合わないといけないときは刻一刻と迫っていた。

それだけは、セイディにも分かってしまった。

（……ふぅ、なんていうか、今日は一段と疲れたわ）

その後、寄宿舎の部屋に戻りセイディは寝台に横になった。そこで大きく伸びをして、息を吐く。

頭の中はあの魔法石のことが支配している。いや、あれ以外のものについて全く考えられない。

あのどす黒い魔法石は、何故かはわからないが脳裏に焼き付いて離れてくれないのだ。

「……着替えなくちゃ」

しかし、とりあえずは眠る準備をしなくては。

そう思い、セイディは着替えに移った。そして、身に着けていたワンピースのボタンを一つ、外したときのこと。

「……え？」

ワンピースのポケットから、黒い欠片が出てきたのだ。

それは間違いなく、マデリーネのピアスにはめ込まれていた魔法石の欠片だ。だけど、どうしてこれがここにあるのかがわからない。

さらにいえば、どうしてこの欠片が残っているのだろうか？

あのとき、魔法石の欠片はすべて蒸発するように消えたというのに……。

（……何らかの、魔法？）

そんな風に思い、セイディは恐る恐る魔法石の欠片に手を伸ばす。

不用意に触れてはいけないことは、理解していた。けれど、触れないと何も始まらない。一応光の魔力はすぐにでも使えるように準備をしつつ、セイディは――魔法石に、触れた。

その瞬間、辺りをまばゆいばかりの光が包み込む。驚いて目を閉じ、次に開いたときには――魔法石はなくなっていた。

その代わりとばかりに、小さなメモが床に落ちている。

「これ……」

そこに書かれている字には、見覚えがある。ほかでもない、マデリーネの字だ。

だからこそ、セイディはそのメモを手に取る。書かれている文字を目で追う。書いてあるのは、シンプルな一言。

『覚悟しておきなさい』

という言葉。

一体、何を覚悟しろというのだろうか。

内心でそう思いセイディがメモを見つめていれば、そのメモはこちらも光の粒子となり消えていく。いや、光というよりは闇だろうか。真っ黒な粒子となり、消えていく。

「覚悟、しておきなさいって……」

もしかして、マデリーネはセイディに接触するつもりなのでは……？

その可能性にたどり着き、セイディはハッとして部屋を飛び出そうとした。

……時間はまだ夜の八時。

(今ならば、ミリウス様の許に行けば彼に会える……はずよね。定かではないけど。そこはもう、ご愛嬌だけど)

そう思い、セイディは脱ぎかけたワンピースをもう一度着て、部屋を飛び出す。すると、途中でアシェルと鉢合わせた。彼は突然部屋から飛び出てきたセイディを見て、怪訝そうな表情を浮かべる。

「どうかしたのか？」

そう問いかけられた。が、セイディはどうしようかと迷ってしまう。

魔法石のことは、ミリウスしか知らない……可能性がある。マデリーネのことも、ミリウスしか知らない可能性がある。

つまり、このことをアシェルに話してもいいかがわからないのだ。

「え、えぇっと……」

視線を彷徨わせて、セイディは必死に考える。

ここで話すべきか、話さずに誤魔化すべきか。

葛藤したのち、セイディは折れた。アシェルの視線が突き刺さって、心地悪かったというのもある。

「ミリウス様に、ご報告がありまして……」

「……団長に？」

「もし、よろしければ一緒に向かってくださいませんか？」

一応ミリウスと二人きりの場はいただけない。

そんな風に考え、セイディはアシェルにそう声をかけた。そうすれば、彼はしばし考え込んだのち大きく頷いた。

「だけど、今団長は王宮の方に出向いていてな。ここにはいないんだ」

「え、えぇ……」

「何でも、魔法騎士団の方の団長と話すことがあるとか、何とか言っていたな」

どうやら、ミリウスはピアスの台座の鑑定をジャックに任せることにしたらしい。

ジャックが呆れたような表情を浮かべるのが、瞼《まぶた》の裏に浮かび上がる。が、今はそれどころではない。

「……私も、そちらに向かってもよろしいでしょうか？」

この時間なので、反対されることは目に見えている。しかし、一刻も早くミリウスに報告しておいた方が良いと思った。

報連相は大切である。どれか一つでも欠けたら、チームワークには支障が出てしまう。

「俺じゃあ、判断できないな。……と、言いたいところだがついて行こう」

けれど、意外にもアシェルは賛成してくれた。それに驚いて目を見開けば、彼はセイディのことをじぃっと見つめてくる。

多分だが、今のセイディには何を言っても無駄だと思ったのだろう。それは、分かる。嫌というほど……伝わってくる。

なので、セイディは彼からそっと視線を逸らす羽目に陥った。

「じゃあ、行くぞ」

セイディの態度を怪訝に思うこともなく、アシェルが颯爽と歩き出す。

そのため、セイディはとことこと彼の後ろを歩いていくことにした。

（お義母様は、一体何を考えられているの……？）

あの手紙のようなメモ。さらには、魔法石の件。考えれば考えるほど、マデリーネの正体を考えたくなくなってしまう。

その所為で、セイディは一人項垂れてしまいそうになる。

アシェルの後に続いて、王宮への道のりを歩く。王宮に入れば、時間が時間なので中は閑散としていた。

セイディの前を歩くアシェルは、何のためらいもなく歩いている。そんな彼の背中をぼうっと見つめながら歩いていると、不意に目の前から見知った顔の人物が歩いてきた。彼はセイディの顔を見て、ぱぁっと表情を明るくさせる。まるで、大型犬のようだ。

「セイディ！」

彼はアシェルを無視して、セイディの方に駆けてくると――その手をぎゅっと握ってくる。最近はあまり彼とは会っていない。が、その馴れ馴れしさは何も変わっていなかった。いや、むしろ悪化している。

「……リアム様」

セイディは彼の名前を呼ぶ。そうすれば、彼はにっこりと笑った。

リアム・ラミレス。彼は魔法騎士団に所属する魔法騎士の一人だ。生まれは伯爵家であり、女性にだらしないというのがセイディの初期の頃の印象だった。

だが、そんな彼は最近真面目になりつつある……らしい。まぁ、それはジャックから聞いた話なので、真実なのかはよくわからない。

「いやぁ、偶然だね。……何？　何処かに行くの？」

ニコニコと笑みを浮かべて、彼はそう問いかけてくる。そのため、セイディは頬を引きつらせてしまった。

視線を前に向ければ、アシェルがこちらを向いていた。……彼を待たせるのは、忍びない。

「え、えぇっと、私、ちょっとミリウス様に用事がありまして……」

出来る限り彼を傷つけないようにと、断りの文句を考える。すると、彼は一瞬きょとんとしたものの「あぁ」と声を上げていた。……あ、何となく嫌な予感がする。

「そういえば、団長と一緒にいたね。一緒に行こうか？」

やっぱり、嫌な予感が当たってしまった。

そもそも、セイディの目の前にはアシェルがいる。何処からどう見ても彼が案内役だろう。

「え、えぇっと……アシェル様がいらっしゃるので、遠慮しておきます」

こういうタイプははっきりと拒絶しないと変に勘違いをして付きまとってくる。それを知っているからこそ、結局セイディが割とはっきりと断れば、彼は肩をすくめていた。

「ちぇ〜っ。まぁ、いいや。じゃあね、セイディ」

「……え、はい」

しかし、こうも簡単に引くとは思わなかった。その所為でセイディがきょとんとしていれば、リアムは何を思ったのだろうか。セイディの耳元に唇を寄せてくる。

「――俺の情報が必要だったら、いつでも力になるよ」

その後、彼はそれだけを囁いてひらひらと手を振ってこの場を立ち去っていく。

だからなのだろうか。……セイディの心臓が、変な音を立てている。

(リアム様の情報網は、確かなものよ。……だから、力になってくださるのはありがたいはずなのに)

何なのだろうか。この、不気味な感覚は。

そこまで考えたものの、すぐにハッとしてアシェルの方に駆け足で近づいていく。彼はセイディのことを心配そうに見つめていた。

「……申し訳ございません」

「いや、別にいいぞ。……そこまで急いでいるわけではないしな」

それだけを言って、彼はまた歩き始めた。それに、セイディは続くことしか出来ない。

アシェルはそのまま歩き、とある一つの扉の前で立ち止まった。そこは騎士団の本部ではない。

かかっているプレートには『魔法騎士団本部』と書いてある。

「団長、入るぞ」

扉をノックして、アシェルがそう声をかける。そうすれば、中から「いいぞ」というのんきな声が返ってきた。この声は、間違いなくミリウスのものである。

……だが、この場合許可を取るべきはミリウスではなくジャックなのではないだろうか？

（って、そんなことを気にしても無駄よね）

そう思いなおし、セイディはアシェルの後に続いて魔法騎士団の本部に足を踏み入れる。

魔法騎士団の本部は、騎士団の本部とは違いきれいに片付いている。セイディも何度か来ているが、いつもこんな感じだ。団長の性格が顕著に表れているようで、ある意味面白い。

「……殿下、これは一体どういうことですか？」

セイディとアシェルが中に入ると、ジャックが怪訝そうな声でこちらを見つめてくる。今日の彼は眼鏡姿であり、いつもと違う雰囲気だ。

「いや、俺も知らないってば。……つーか、何でもかんでも俺に結び付けるの、やめてくれるか？」

「一つだけ言っておきますと、それは殿下の日頃の行いが悪いんですよ」

ジャックの遠慮ない言葉に、ミリウスが唇を尖らせる。それを見たジャックは「可愛くない」と言ってミリウスの頭をファイルでたたいていた。

「……じゃあ、誰だったら可愛らしいんだ？」

ちらりとミリウスの視線がセイディに注がれる。彼の視線の意味が分からずにセイディがきょとんとしていれば、ジャックが露骨にむせた。

「ちょ、大丈夫ですか……？」

慌ててセイディが彼の許に駆けよれば、彼は「げほっ」と余計にむせた。……セイディの所為ではない、決して。

「え、えぇっと……」

「い、いや、大丈夫、だ。……こっちの、都合だ」

こっちの都合もそっちの都合も、この場合はないだろう。

心の中でそう思うが、セイディは決して突っ込まない。こういう場で突っ込んだら負けなのだ。

セイディがそんなことを考えていれば、不意にジャックが咳ばらいをする。どうやら、話を変えるらしい。

「ま、まぁ、とにかく。……ちょうどいいからついでにお前にも説明しておく」

ジャックがセイディを見つめて、そう声を上げる。なので、セイディは頷いた。

「このピアスの台座に付いていたという宝石だが……あれは、魔法石で間違いなさそうだ」

彼がピアスの台座を手に取り、まっすぐに……いや、ほんの少し視線を逸らしながらセイディを見つめてくる。

何となく、彼が挙動不審に見えてしまう。が、今はそんなことどうでもいい。

「微かに魔力が台座に移っている。あと、この台座からわかることだが……。まぁ、これの生産地は帝国だろうな」

「……つまり」

「これは帝国で帝国の民に向けて売られているものだと考えて、妥当だろう」

ジャックは大きく頷いてそう告げた。……台座からも、生産地がわかるのか。そう思ったが、もしかしたら台座にも微かに魔法石が使われているのかもしれない。魔法石はとても美しい宝石のような見た目をしているのだ。台座にあしらわれても、おかしくはない。

(帝国の民に向けて売られているということは……やっぱり、お義母様は……)

あのメモのことなども考えるに、マデリーネは帝国の人間なのだ。操られている可能性も考慮する必要はありそうだが、大方彼女が黒と決めつけて間違いないはず。

「……それだけか？」

ミリウスがジャックに視線を向けてそう問いかける。そうすれば、ジャックは「あぁ、そうですね」と淡々と言葉を返した。

それを聞いたからなのか、ミリウスが椅子に腰かけると退屈そうにあくびをする。

「面白くないな。……もっとわかるかと思ったのに」

「殿下が魔法石を持ち帰っていれば、あと少しはわかったでしょうね」

「……うわぁ、俺の所為か」

ジャックとミリウスの言い合いを聞きつつも、セイディは必死に考えを巡らせる。

(まず、どうしてお義母様は私に『覚悟しておきなさい』なんて手紙を送ってこられたの？)

もしも、彼女がセイディと接触しようとしているのならば——その理由がいまいちよく分からない。

(それに、お父様を一刻も早く退院させたいのは……どうして？)

大方土地とか屋敷の権利が欲しいのだろうと思っていた。でも、もしかしたら――アルヴィドを始末したいのでは？

その可能性にたどり着き、セイディは顔から血の気が引くような感覚に襲われた。

アーリス病院は警護がしっかりとした病院である。あの場で始末することは難しい。そもそも、魔法に関する病院である。あそこで行動に移すのはリスクが高すぎる。

（……本当に、もう何が何だか）

しかし、そう思ってしまう。頭の中が混乱して、上手に答えを導きだせない。これは、どうしようか。

「あぁ、そう言えば。セイディたちは一体どうしてこっちに来たんだ？　急用か？」

そう思っていれば、不意にミリウスが声をかけてくる。それにハッとして、セイディは口を開いた。

「実は、お義母様からのお手紙らしきものが、届いて……」

セイディはマデリーネからのものらしきメモについて話す。そうすれば、ミリウスの眉間にしわが寄った。……こんな真面目な表情の彼は、レアかもしれない。

「覚悟しておけ、か」

「……殿下？」

ミリウスの表情に、ジャックが声を上げた。彼は怪訝そうにミリウスを見つめている。

「まぁ、無視しておくに越したことはない。……とりあえず、報告だけはありがたく受け取っておく」

彼はそう言うと、立ち上がり魔法騎士団の本部を出て行ってしまった。残されたのは、セイディとジャック。それからアシェル。

「……おい、お前」

ぼんやりとミリウスの後ろ姿を見つめていれば、ジャックに声をかけられた。それに驚きつつ彼に視線を向ければ、彼は「はぁ」と露骨にため息をついた。

「こんなことを言ったらなんだが、お前は本当にトラブルを引き寄せるな」

それは、今言う必要があることなのだろうか？

一瞬そう思ったが、実際ジャックの言葉は真実なので何も言えない。

「……まぁ、そうですね」

肩をすくめて、そう言葉を返した。

「私も、そう思っています」

ジャックの言葉には同意するほかない。セイディの周りで起こる不可解な出来事の数々。それは――まるで、セイディを狙っているかのようにも、感じられてしまう。

「……まさか、ね」

けれど、そんなことは考えたくない。そう思い、そっと視線を逸らした。

それから軽い雑談をして、部屋に戻る。

寝台に横になれば、見慣れた天井が視界いっぱいに映った。

（……本当に、何が何だか）

そう思い、そっと目を瞑る。……マデリーネは本当に何が狙いなのか。そもそも――ジャックの言葉も引っ掛かる。

だが、多分彼の言葉は真実なのだ。セイディがトラブルを引き寄せている。それは、間違いない。

(でも、それは一体どうして?)

セイディがトラブルを引き寄せているのならば、それなりの原因があるはず。

やっぱり一番に考えられるのは――実母パトリシアのことだろうか。

しかし、すぐに考えるのを断念した。マデリーネが帝国の人間であり、情報を流していた。それは間違いのないことだろう。

けれど、不可解な部分もある。アーネストはセイディの顔を見て驚いていた。それすなわち――マデリーネはセイディの存在を帝国に流していなかったのだ。

(それって、一体どうしてなのかしら?)

それに、セイディを始末したいのならば子供の時に始末しておいた方がよかった。どうして、今まで生かしたのだろうか?

実母の力を引き継いでいる存在は、帝国にとって邪魔でしかないはずなのに。

そんなことを考えつつ、セイディは眠りに落ちて行こうとした……のだが。

不意に、視界の端にきらりとした何かが見えたような気がした。だからこそセイディは光の方に近づき、上着のポケットを漁る。

そこにあるのは、実母の形見の指輪だった。

「……お母様」

もしかしたら、実母が何かの注意をしてくれているのかもしれない。これ以上セイディに危険が及ばないようにと……守ってくれようとしているのかもしれない。

「とりあえず、これはずっと持っておこうっと。……何かがあったら、きっとお母様が守ってくださるわ」

今は、そう信じることしか出来ない。

マデリーネの魔の手は、近づきつつあるのだろう。

だけど、セイディはただでは負けるつもりはないのだ。……絶対に彼女たちに一泡吹かせてやる。

あの宣戦布告は、受けるしかない。そう、思った。

（絶対に許さない。それに、あちらがああしてくるのならば、こっちだって受けて立つわ！……お父様のことも、お祖父様やお祖母様の気持ちを踏みにじったことも、許せないもの）

自分の幸せを、平穏な生活を奪われたことも許せない。その気持ちは間違いのないものだ。が……一番はやっぱり、セイディの大切な人たちを傷つけたことだろうか。

心の中でそう思いつつ、セイディはぐっと手のひらを握る。

――どうか、私のことを守ってね、お母様。

そう唱えて、セイディは天井を見上げた。

VS マデリーネ

それから三日が経った頃。

セイディが騎士団の寄宿舎の玄関を掃除していると、何となく嫌な空気を感じた。

（……何かが、来る）

直感がそう告げてくる。そのため、セイディは玄関を出て行った。

この空気を、セイディはよく知っている。アーネストやジョシュアが醸し出す空気と、似ているのだ。

そして、何よりも。……この間の、マデリーネからの手紙。あれを考えるに――。

そんな風に考えつつ、セイディは騎士団と魔法騎士団の寄宿舎の前にある広場へと向かった。

広場の中央には、一人の女性がたたずんでいる。関係者以外立ち入り禁止の区域にもかかわらず、彼女はまるでそこにいるのが当然とばかりに堂々とたたずんでいた。

彼女はセイディに気が付き、わざとらしく口角を上げる。その目をゆっくりと細めながら、セイディを見据える。

「久しぶりね」

彼女――マデリーネ・オフラハティはセイディのことを見つめて、そう声をかけてきた。

だからこそ、セイディはぐっと息を呑む。持ってきてしまった箒を持つ手が、何故か震えた。

「……お義母様」

マデリーネのことを、呼ぶ。すると、彼女は「ふぅ」と息を吐いて手に持っていた扇を音を立てて閉じた。

「セイディ」

マデリーネがセイディの名前を呼ぶ。その声は不思議なほどに甘ったるく、背筋がゾクゾクと震えてしまう。

……マデリーネはセイディのことを名前で呼ぶことは滅多になかった。しかも、こんな風に甘ったるく呼ぶことなんて――。

「……なんの、つもりですか」

身構えて、箒をマデリーネに向ける。そうすれば、マデリーネはころころと笑った。その視線は斜め下に向けられており、何処となく憂いを帯びているようだ。

「……セイディは、わたくしの……いいえ、あたしの真の目的を、知ってしまったのよね」

ゆるゆると首を横に振りながら、マデリーネがそう言う。

彼女の目が、セイディのことを射貫く。鋭い目つきだ。けれど、これくらいで怯むセイディではない。

「……帝国の魔法使いであることは、真実なのですね」

静かな声でそう問いかける。

セイディの言葉を聞いたマデリーネは、こくんと首を縦に振った。

その後、顔を上げる。……その目には、恐ろしいほどの狂気が宿っているようにも見えてしまう。

……でも、立ち向かわなくては。それだけは、分かる。

「えぇ、あたしは帝国の魔法使いマデリーネ。貴女は理解しているでしょうから全部吐いてあげるわ」

やれやれとばかりに肩をすくめながら、マデリーネはセイディに語りだす。

自分が帝国に情報を流していたこと。アルヴィドのことを操っていたこと。そして、レイラを利用し聖女の情報も手に入れていたということ。

「……どうして、そんなことをするのですか」

ゆっくりとそう尋ねる。マデリーネに出逢わなければ、アルヴィドだって幸せに生きていられただろう。セイディだって、辛い目に遭わずに済んだはずだ。

「どうして？　そんなの、簡単よ」

マデリーネが胸を張る。セイディを見下すような姿勢になったかと思えば、彼女は艶っぽい唇から言葉を発した。

「――あたしは、自分の娘を帝国の皇后にする。その目的だけで、何十年も頑張ってきたのよ」

自分の娘。この場合、その言葉が示すのは――。

「レイラ、ですか」

まっすぐに彼女のことを見つめて、そう告げる。すると、マデリーネは頷いた。

彼女のその様子を見て、セイディの口からは静かに「最低……」という言葉が零れていた。

そんな自分勝手な欲望のために、セイディとアルヴィドの人生は踏みにじられてきたのか。

怒りが身体中に浸透し、何とも言えない感情がふつふつと湧き上がってくる。

だからこそ、セイディはゆっくりとマデリーネの方に近づいた。

「どうして。どうして、お父様だったのですか？」

一歩を踏み出しながら、セイディはそう問う。

マデリーネの目的からするに、誰でもよかったとも取れる。が、話を聞くにマデリーネはアルヴィドに狙いを定めて近づいてきている。……誰でもよかったとは、到底思えない。

セイディの迫力を見ても、マデリーネは怯まない。口角を上げ、セイディのことを見下ろしてくる。

「そりゃあ、簡単よ。あの男が、ヴェリテ公国の聖女パトリシアと懇意にしていたからよ」

その言葉に、セイディは目を見開いてしまった。……彼女は一体、何を言っているのだろうか？

「お母様……」

「あら、どうやらセイディは自分の母親の正体に気が付いたのね」

ころころと笑いながら、マデリーネがそう言ってくる。

「聖女パトリシアは、帝国にとっても脅威になる存在だった。……だから、始末する必要があったのよ」

「そう、ですか」

「でも、最悪なことに娘が生まれてしまった。しかも、その娘は聖女パトリシアの力を受け継いでいた」

やれやれとばかりに、マデリーネは肩をすくめた。美しく妖艶なマデリーネが、悪魔にしか見えないのはきっと気のせいではない。

「一つだけ、聞いてもよろしいでしょうか?」

また一歩、一歩と踏み出しつつ、セイディはマデリーネを見つめる。

彼女の返答を待たずに、セイディは口を開いた。

「どうして、私のことを始末しなかったのですか?」

マデリーネがアルヴィドの後妻に収まったのは、まだセイディが幼い頃だった。

それに、レイラが生まれたのならばセイディは用済みだろう。少なくとも、生かしておく意味はない。

合わせ、成長してからよりも幼子の方が始末しやすい。それは、子供でも分かる常識というものだ。

「幼い私を始末しなかったのは、どういうことなのでしょうか?」

凛とした声音でマデリーネにそう問いかければ、彼女は微かに目を見張った。

けれど、すぐにくすっと声を上げて笑う。まるで、セイディの問いかけがおかしいとでも言いたげだ。

「……どうして、笑うのですか」

静かな怒りを含んでそう言うセイディに、マデリーネがまた笑った。

「理由なんて簡単よ。……貴女には利用する価値があると思った。それだけよ」

やれやれとばかりに首を横に振り、マデリーネはそう言う。

「セイディがいることを、あたしは帝国に報告しなかったわ。だって、報告すればあんたが殺されちゃうもの」

「……」

「もしもレイラがダメだったら……というときのための、いわばスペアよ。それに、その聖女の力は使える。そう判断したの」

肩をすくめて、マデリーネはそう言い切った。かと思うと、「ふぅ」と息を吐く。

彼女のその目が、セイディを射貫く。じぃっと見つめられると、悪寒がしてしまうほどの狂気をまとっている。

いや、違う。

（これは、魔力なのかもしれないわ）

マデリーネは帝国の魔法使いだ。帝国は魔法の技術が発展している。それすなわち、彼女の魔法の腕も相当ということなのだ。

確かにアーネストには負けるだろう。でも、このリア王国に送り込まれたということは、間違いない実力者。

「ねぇ、セイディ」

マデリーネが笑う。にっこりと笑って、細めた目をゆっくりと開く。美しいはずの目は、確かな狂気をまとっている。

「あたしと、交渉しましょう？」

「……交渉、ですか？」

セイディがマデリーネの言葉を繰り返す。すると、彼女はこくんと首を縦に振った。

「あたしは、自分の娘が皇后になれればそれでいいの。……だから、セイディ。貴女が私の娘になればいいのよ」

「……どういう」

「正直、レイラじゃ無理だと思うのよねぇ。だって、あの子には聖女の力が微々たるものしかないのだもの」

はぁとため息をついて、マデリーネがセイディを見据えてくる。……自分が溺愛していた娘さえ、用済みになれば捨てるというのか。

「あの子に価値を見出したから可愛がっておいたけれど……。期待外れもいいところだわ」

「そんなのっ！」

あんまりにも、レイラが可哀想じゃないか。

彼女は確かに歪んでいる。しかし、その原因を、根本を作ったのは間違いなくマデリーネなのだ。

なのに、用済みになれば捨てるなんて……ありえない。

「セイディが新しいあたしの娘。……そして、皇帝陛下ブラッドリー・バレット・マギニス様の妻になるの」

一体何が彼女を皇后という座に執着させるのか。そんなもの、セイディには知る由もない。

けれど、だけど。……たった一つだけ、分かることがある。

(お義母様の思い通りになんて、なってたまるものですか……！)

マデリーネの思い通りになど、なってたまるか。

それだけだ。

「嫌です。……私には私の自由がある。だから、私はお義母様の思い通りにはなりません」

それに、マデリーネの思い通りになってしまえば、この国と敵対するということになる。

様々な人がセイディを助けてくれたのに、恩をあだで返すなんて出来るわけがない。……それに、クリストバルの期待を裏切るのも嫌だった。

「……そう、残念だわ」

肩を落として、マデリーネがセイディを見つめる。かと思うと、彼女は何やら呪文を唱えた。

すると、手に持っていた扇が杖に変わる。

「だったら、実力でそうするだけなのよ。……いいこと？　あたしの提案を無下にしたこと、一生後悔するがいいわ！」

そう叫ぶと、マデリーネが炎の球をセイディの方に飛ばしてくる。

その炎の球はセイディの髪の毛に当たり、ちりちりとそこが焦げていく。

(相当やばいっていうことだけは、分かったわ……)

マデリーネは相当やばい人物だ。それを理解し、セイディはマデリーネの攻撃を避けていく。

必死に脚を動かし避け続けながらも、打開する策を考える。

考えて、考えて、考えて――。

（結局、殴りに行くのが一番っていうことね！）

セイディには光の魔法以外の魔法は使えない。光の魔法で攻撃することも可能だが、大したダメージは与えられない。

ならば、実力的に。物理的に行くしかない。

手に持っていた箒を投げ出す。そのまま、一歩を大きく踏み出して――セイディはマデリーネの懐に飛び込もうとする。

「――なっ！」

彼女の驚愕の表情が、セイディの視界に入った。……やれ、やってやれ。頭の中で誰かが囁いたような気がした。

思いきり手を振りかぶる。そして、セイディはマデリーネの懐に飛び込んだかと思うと、彼女の頬を思いきりぶった。

「……っつ！」

マデリーネの身体が地面に倒れこむ。彼女の頬は赤く染まっており、ぶたれた箇所には手形がはっきりとついていた。

「さいっていだわ！」

大きな声で、思いきり。セイディは倒れこんだマデリーネを見下ろし、そう吐き捨てる。

（本当に、この人以上に最低な人を、私は知らない）

アーネストやジョシュアだって最低だと思った。けれど、彼らは結局自分の大切な人のために動いているのだ。

それがわかるからこそ、まだ救いようがあったのかもしれない。

が、マデリーネは違う。私利私欲のために、アルヴィドの人生をめちゃくちゃにしてきた。周囲を傷つけてきた。

そんなもの、許されるわけがない。

「な、にがっ！　あんたに何がわかるのよっ！」

マデリーネがセイディを睨みつけ、そう叫ぶ。

だからこそ、セイディはマデリーネを強く睨みつけた。

わかるわけがない。わかりたくもない。

「わかるわけがないわ。……だって、私はお義母様じゃないもの」

結局、自分自身の気持ちなんて自分自身しかわからないのだ。他人に理解を求める方が、無理なのだ。

もしかしたら、同じ境遇、同じ職に就いている人間ならば、ある程度はわかるのかもしれない。

だが、セイディとマデリーネは全く違う人種だ。……わかるわけがない。

「お義母様じゃないから、私はお義母様の気持ちなんてわからないわ。……いいえ、わかりたくもない」

じっとマデリーネを見据え、セイディがそう言う。

すると、マデリーネはよろよろと立ち上がった。彼女はうつろな目でセイディを見つめてくる。

「……だったら、無理にでもわかるようにしてやるわ」

静かな狂気を孕んだ声が、セイディの耳に届いた。

……なんとなく、マズイ。それだけは、セイディにもわかった。

「あんたがあたしの操り人形になればいいのよ！　そうすれば、あたしは全部全部手に入れることが出来るのよっ！」

マデリーネがそう叫んだかと思うと、ひときわ大きな黒色の炎を手に宿す。……あれに当たったら、マズイことだけはセイディにもわかった。

「あたしの邪魔は、誰にもさせないわっ！　あんたにも……誰にもっ！」

そう続けて、マデリーネが黒い炎をセイディの方に投げつけてくる。それをセイディは咄嗟に避ける。その黒い炎は地面を焦がしていた。……煙が上がる。

(あれって、相当やばいものね……)

それを確認し、セイディはマデリーネに向き直る。彼女は次から次へと黒い炎を飛ばしてくる。先ほどのように隙はない。……これでは、防戦一方になる。

(お母様……どうすれば、いいの？)

ポケットに入っていた指輪を握りしめ、セイディはそう問いかける。こういうときに縋るのは、神なのかなんなのか。そんなものわからないが、セイディが縋るのは実母なのだ。

「どうして、どいつもこいつも邪魔ばっかりするのよ！」

喉が枯れそうなほどに大きな声で叫ぶマデリーネを一瞥し、セイディはとりあえずと木の陰に隠れた。

……助けを求めるのも現実的じゃない。今の時間騎士たちはほとんど出払っている。魔法騎士団の方は知らないが、突然頼られても困るだけだ。

（どうする？　どうする？　お義母様は冷静じゃないし、説得は通じないわ）

合わせ、話をして時間を稼ぐという方法も取れない。ぎゅっと下唇を噛んで、セイディはマデリーネの様子を窺う。

彼女はいつもきれいにセットしていた髪の毛を振り乱しながら、セイディのことを睨みつけていた。

（本当に、ああいうところレイラそっくり）

何故だろうか。心の中の冷静な部分はそう思ってしまった。

しかし、今はそれどころじゃない。自分自身にそう言い聞かせ、セイディはぎゅっとメイド服の端を握った。

「……こうなったら、一か八か賭けに出るしかっ！」

賭けに負けたら大惨事だ。それはわかる。でも、どうしても——このままなのは嫌だった。

じぃっとマデリーネの隙を窺う。人間は冷静さを欠けば、ある程度の隙が生まれるはずだ。

注意深く観察し、隙を窺う。が、彼女には全く隙が無いような気がした。

（どうする？　どうする？　このままだと……）

周囲の地面が焦げていくのが視界に入る。……修繕費のことが軽く頭によぎったが、そんなことを考えている余裕などない。

地面を踏みしめる。……やっぱり、いっそ――。

「――行くしか、ないっ！」

そう叫んで、セイディが木の陰から飛び出そうとしたときだった。不意に手首を引かれた。

「……え？」

驚いてそちらに視線を向けると、そこには――何故かミリウスがいた。彼はいつもとは全然違う真剣な表情を浮かべ、マデリーネのことを見据えていた。その後、頭を掻く。

「ありゃあ、かなりやばいな」

「……ちょ、あの」

「まぁ、俺に任せておけ」

ミリウスがそう言うと、剣のさやに手をかける。

そういえば、騎士や魔法騎士が使う剣にはある程度の魔法を無効化する魔法がかかっているという。彼は、これを利用するつもりなのだろう。

「セイディは、後からついて来い」

「あ……はい」

彼の真剣な横顔に見惚れて、ぼうっとしていたセイディだがすぐにそう返事をする。

そうすれば、ミリウスは剣を取り出し――マデリーネの方に向かった。

彼の大剣が宙を切る。すると、マデリーネが出す黒い炎は二つにたたき切られた。

「――っつ！」

マデリーネの焦ったような表情が見えた。そして――ミリウスが、マデリーネの胸倉をつかみ、地面に押し付ける。

その鮮やかな動きに、セイディは見惚れてしまった。

だが、見惚れている暇などない。そう思い、セイディは慌ててマデリーネとミリウスの方に駆けよっていく。

「ちょ、あ、あんた、誰っ！」

マデリーネがそう声を荒らげる。しかし、ミリウスの正体に気が付いたらしく、彼女の顔が見る見るうちに蒼くなっていく。

ちょっと、哀れかもしれない。

「……とりあえず、全部聞かせてもらった」

普段よりも数段低いミリウスの声が、セイディの耳に届く。一体、彼は何処から聞いていたのか。

それは定かではないものの、もしかしたらその言葉通り最初から聞いていたのかも――。

（だったら、助けてくださったら……って、そうもいかないか）

きっと、ミリウスはセイディのことを思ってこうしてくれたのだ。

それがわかるからこそ、セイディは地面に押し付けられたマデリーネを見つめる。

その後、ミリウスにマデリーネを解放するようにとお願いした。

「……この女、何するかわかんないけど？」

確かにミリウスのその言葉は正しい。でも、この状態でまともに話が出来るとは思えなかった。

「この状態だと、まともにお話が出来ませんから。……それに」

そこまで言って、セイディがマデリーネに視線を向ける。彼女の顔色は真っ青であり、挙句冷や汗を垂らしている。……本気で死ぬかもしれないという危機感を抱いた顔である。

「もう、お義母様は戦意喪失といった風ですから」

マデリーネの様子を見て、セイディはそう告げた。

すると、ミリウスも納得したらしくマデリーネを解放する。彼女はぶるぶると子犬のように震えていた。

「……こ、こんなことして、ただで済むとは……！」

けれど、何処までも抗う気らしい。それを悟りつつ、セイディは肩をすくめる。その諦めの悪さだけは、認めるべきかもしれない。なんて、上から目線が過ぎるかもしれないが。

「お義母様」

地面に這いつくばるマデリーネと視線を合わせて、セイディはゆっくりと口を開こうとする。自身のその手をぎゅっと握りしめると、彼女の身体が露骨に震えた。もしかしたら、先ほどぶたれたことを根に持っているのかもしれない。

「……私は、お義母様のことが大嫌いです」

静かに、セイディはそう告げた。

「嫌いで、嫌いで、憎たらしいです。……今までは、大嫌いとしか思っていませんでした」

「……」

「ですが、真実を知って、今度は憎たらしくなりました。……私やお父様の人生を踏みにじったこと、お祖母さまやお祖父さまの思いを裏切ったこと。……いろいろと、思うことはあります」

「……な、によ」

「貴女が解雇した使用人のことも、あります」

目を瞑って、今までのことを思い出す。マデリーネとセイディの思い出は、ろくなものがない。

そもそも、思い出と呼べるものなのかも怪しいのだ。

そう思いつつ、セイディはマデリーネに視線を向けた。レイラにそっくりの顔が、恐怖からか歪んでいる。

「……だけど、もう一つだけ、聞きたいことがあります」

そこまでで言葉を一旦区切って、セイディはマデリーネを見つめる。彼女の目の奥は揺れている。

「――レイラは、貴女にとってただの道具でしたか?」

あんなにも可愛がっていたのに、利用価値がなくなれば容赦なく捨てようとしたマデリーネ。それだと、あまりにもレイラが可哀想じゃないか。

「……それ、は」

「お義母様は、レイラのことをとっても可愛がっていらっしゃいました。……用済みだからって、利用価値がないからって、切り捨てるなんてひどすぎませんか？」

セイディがそう言えば、マデリーネはぎゅっと唇を結んだ。もしかしたらだが、彼女にも母親としてレイラを想う気持ちがあるのかもしれない。いや、あってほしい。そうじゃないと、さすがにレイラが可哀想すぎるから。

「お義母様」

そっとマデリーネに優しく声をかける。

すると、マデリーネはバンッと地面をたたいた。

「うるさいわ。……そもそも、あの子さえ優秀だったら。あの子が優秀だったら……！　全部、全部上手くいったのに……！」

「お義母様」

「あの子が悪いの。あの子が優秀じゃないから。あたしの期待に応えてくれないから。……あんな子、あたしの子じゃない……！」

マデリーネの言葉はとても震えていた。まるで、その言葉は真実じゃないとでも言いたげだ。

それを悟りつつ、セイディは「ふぅ」と息を吐く。マデリーネは、結局なんだかんだ言いつつもレイラが可愛いのだ。

レイラが、マデリーネをどう思っているかは別として。そう思いつつ、セイディはマデリーネのことを見つめる。そうしていれば、不意に周囲から数人の足音が聞こえてきた。そちらに視線を向ければ、そこにはジャックと数名の魔法騎士がいる。彼らはマデリーネに何やら紙を突きつけていた。

「マデリーネ・オフラハティ。お前にはいろいろな重罪の容疑がかかっている。……少し、話を聞かせてもらう」

魔法騎士たちを代表したように、ジャックがそう言う。

どうして、彼らがここにいるのか。それは定かではないものの――彼らが何となく、疲れ果てているように見えるのは気のせいではないだろう。

「……どうして」

ジャックたちを見つめて、マデリーネが戸惑ったような声を上げた。

対するジャックは、ミリウスに視線を向ける。ミリウスは何処か他所を見つめていた。

だからこそ、セイディは理解する。ジャックや魔法騎士たちがここに来たのは、ミリウスの采配なのだと。

「まぁ、詳しい話は後だ。……連行しろ」

ジャックの言葉を合図に、魔法騎士たちがマデリーネを連行していく。

何とあっけない結末だろうか。心の中でそう思いつつ、セイディはマデリーネの後ろ姿を見つめた。

そして、一つの疑問を思い出す。

「あ、あの、お義母様っ！」

慌ててマデリーネのことを呼べば、マデリーネが足を止めた。なので、セイディは彼女に聞こえる声量で言葉を叫ぶ。

「私の動向、どうやって知られましたか……？」

アシェルとヤーノルド伯爵領に行ったとき。マデリーネやレイラは見計らったように王都に引っ越していた。それすなわち、セイディの動きを理解していたということだ。アシェルもそう言っていたので、それは間違いないはずだ。

「……何のこと?」

セイディの言葉に、マデリーネはきょとんとしたような声音でそう返してくる。

その後、彼女はセイディの方に視線を向けた。その目は、本気でそう思っているらしい。

「あたしはあんたたちの行動なんて、知るわけがないわ」

「……ですが」

「そもそも、あたしがやったのは本当に一部のことだけ。……レイラに言われるがまま引っ越して、アルヴィド・オフラハティを退院させろと言ったのは間違いないけれどね」

それだけを言って、マデリーネは魔法騎士たちに連行されていった。

彼女のその言葉を聞いて、セイディはようやく真実を理解したような気がした。

(……お義母様のお言葉が正しいとすれば——)

黒幕は、マデリーネではないということになる。

「……セイディ」

隣に立っていたミリウスが、セイディの名前を呼ぶ。そのため、セイディは彼の緑色の目をまっすぐに見つめた。それから、ゆっくりと口を開く。

「……レイラの行き先を、当たってみます」

それだけを告げ、セイディは駆けだそうとした。が、すぐにミリウスに手首を掴まれてしまう。

驚いてそちらに視線を向ければ、彼はにんまりと笑っていた。

「行き当たりばったりじゃ、間に合わないだろうな」

「じゃあ、どうしろと……」

「一つだけ、頼みの綱があるだろ？」

さも当然のようにミリウスがそう言う。……頼みの綱。その言葉を聞いた時、セイディはハッとする。

（フレディ様ならば……！）

宮廷魔法使いは暇なときは人捜しなんかも請け負っていると言っていた。ならば、彼に頼るのも一つの案だろう。

（だけど、暇かどうかは）

しかし、彼が暇という保証はない。そう思いセイディがためらっていれば、ミリウスが颯爽と歩き出す。

「宮廷魔法使いに関しては、俺の権限で動かせる。……だから、安心しろ」

「……ですが」

そこまでミリウスに頼るわけにはいかないだろう。そう思ったものの、ミリウスはセイディに視線を向けてくる。彼の目には、強い意思が宿っていた。

「あと少しなんだ。……ここで取り逃がすわけには、いかないだろ？」

彼の言っていることは間違いない。もしも、ここでレイラをみすみす取り逃がしてしまえば、面倒なことになるのは目に見えている。

「セイディが異母妹と向き合う最後のチャンスかもしれない。……だったら、行くしかないだろ」

彼のその言葉は、まるでセイディに発破をかけるような雰囲気だった。

なので、セイディは息を呑んだ後、頷く。

（レイラのことを、止めなくちゃ）

レイラが何を企んでいるのかは、セイディにはよく分からない。かといって、みすみす取り逃がすわけにはいかないのだ。

そこまで考え、セイディはミリウスに続いて場を駆け出した。

（レイラとお義母様は、お互いを利用したつもりになっていた。きっと、そういうことだわ）

あの二人は互いを利用した気になっていて、利用し合っていた。それは間違いないはずだ。

マデリーネはレイラを用済みと判断し、またレイラもマデリーネを用済みと判断した。そう考えると、何となくつじつまが合うような気がした。

「……レイラ」

最低な異母妹だったと思う。異母姉の婚約者を奪い、威張り散らした聖女だった。けれど――結局は、たった一人の妹なのだ。彼女が道を踏み外す前に、止めるのが姉の役目なのではないだろうか？

（そうよ、それで――間違いない）

そう思いつつ、セイディはミリウスに続いて地面を蹴った。目指す先はただ一つ。

――王宮にある宮廷魔法使いの部屋。

そこだ。

レイラの居場所

王宮にある宮廷魔法使いの部屋の扉をノックもなしにミリウスが開けば、中ではフレディが驚いたような表情を浮かべていた。

ミリウスの隣からひょこっと顔を出し、セイディはフレディの様子を窺う。

「うわぁ、誰かと思ったよ。……何か？」

フレディはミリウスを見つめてそう問いかける。さすがの彼も、ミリウスに無礼な態度はとれないらしい。むしろ、彼は今後はミリウスに尽くすと言っていたので、尚更なのかもしれないが。

「フレディ。……今から、仕事を頼めるか？」

静かな声でミリウスがフレディにそう問う。すると、彼は少したためらったものの頷いた。

その後、彼の目の前にある書類を片付けていく。

「……お忙しかった、ですか？」

セイディが眉を下げてフレディにそう聞けば、彼は「まぁね」と言いながらも書類を片付ける手を止めない。

「まぁ、忙しかったけれど全然構わないよ。……殿下の頼みともあれば、僕はほかの仕事を投げ出してもいいいから」

……それはいささか問題があるのでは？

心の中でそう思ったものの、フレディのその忠誠心はある意味感心するものだ。そう思いつつ、セイディはフレディの方に近づいていく。

「それで、一体何をすればいいのでしょうか？」

いつもとは全く違う丁寧すぎる口調に、セイディの頬が失礼にも引きつった。彼が丁寧な口調をしていると、何処となく違和感がある。普段のおちゃらけたような態度の彼ばかり見ているから、余計にそう思うのだろう。

「早急に人を捜してほしい」

「……人捜し、ということですね」

フレディがそう繰り返せば、ミリウスはこくんと首を縦に振っていた。

それを見て、フレディは頬を掻く。けれど、すぐに真剣な表情を作り上げる。ここら辺は、さすがとしか言いようがない。

「わかりました。……では、五分だけ待っていてください」

彼はそう言うと部屋の奥へと消えて行った。大方、準備をするのだろう。

そう判断し、セイディは隣にいるミリウスの顔を見上げる。……そういえば、どうして彼はマデリーネがあそこにいたことを知っていたのだろうか？　ついでにいえば、ジャックや魔法騎士たちを呼んでいたことから考えるに、相当準備をしていたようだ。

「……あの、ミリウス様」

「うん？」

「どうして、お義母様があそこにいらっしゃると、分かったのですか……？」

少しためらいがちにそう問いかければ、彼は天井を見上げた。……あ、これ、直感か何かで動いたな。

セイディはそれに気が付く。

「まぁ、なんていうか……そうだなぁ」

完全に言い訳を探している。そんな不確定なことでよくジャックたちを動かせたものだ。

心の中でそう思ってしまうが、ジャックはジャックでミリウスに逆らえないのだろう。……哀れだ。ある意味、可哀想である。

（ジャック様、本当に心労で胃に穴が空くのでは……？）

それを言えばアシェルもそうだろうな。アシェルとジャックは似たような状況に置かれているわけだし、ミリウスに振り回されているのも一緒だし。いろいろと、共通点がある。二人で話すことはあまりないのかもしれないが、話せば気が合いそうだ。

（なんて、考えていても今は無駄ね）

しかし、そう思いなおしてフレディを待つ。

それから数分後。フレディが戻ってきた。彼は書物のようなものを抱えており、真剣な面持ちでセイディたちを見据える。

「……それは、何かに使うのですか？」

きょとんとしながらセイディがそう問いかければ、フレディはけらけらと笑っていた。

「これは地図だよ。……地図を使わないと、正確な位置が分からないからね」

なんてことない風にフレディがそう答えて、書物を開く。そこには確かにこのリア王国の立地が書かれており、その中からフレディは王都のページを開いた。

「一応、王都の中央から近いところから捜していくね。……ちょっと時間がかかるけれど、こっちの方が適確だから」

「ほかにも、方法が？」

「街とか、森とか。そういう大雑把なものだったらなくても捜せるんだけれどねぇ。生憎、僕って結構な方向音痴で」

笑いながらフレディはそう言うが、それは褒められたことじゃない。……まぁ、方向音痴の要素も持っているセイディが責められたことじゃないし、ミリウスなんてもっとそうだろう。

「じゃあ、捜すんだけれど……捜す人物は？」

「レイラ・オフラハティだ。あと、出来たら近場に連れてこられるとありがたいな」

……それは、一種の無茶ぶりでは？

そう思いセイディがそう思うが、フレディはなんてことない風に「はいはーい」と返事をした。

「本当に、殿下は無茶苦茶ですねぇ。……さすがの僕でも、人一人召喚するのはかなり大変なんですけれど」

「出来るんだったらいいだろ。報酬は弾む」

「だったら、いいですけれど」

けらけらと笑い、フレディがそう言葉を告げた。かと思うと、机の上のものをさっとどけ、その上に魔法陣らしきものを書く。

「――レイラ・オフラハティの居場所を」

魔法陣の上に地図を置くと、地図が光り出す。しかし、すぐにその光は消えた。どうやら、ここではないらしい。

「うーん、ここら辺じゃなさそうだねぇ」

フレディのそんなのんきな声が聞こえてくる。けれど、彼のその目は真剣そのものであり、ふざけたような様子は一切ない。どうやら、彼もことの重要さは理解しているらしい。

「……やみくもに捜しまわっても、時間が無駄だよね。セイディ、行き先に心当たりは？」

「……心当たり」

そんなもの、あったらとっくに教えているし行っている。

わからないから、フレディを頼っているのだ。口を開いてそう言おうとしたときだった。

（……お義母様は、レイラに言われてお父様を退院させようとしたのよね？）

とすれば、もしかしたらレイラは――。

「アーリス病院の付近は、どうでしょうか？」

口は自然とそんな言葉を紡いでいた。

マデリーネはアルヴィドを始末するつもりはないようだった。レイラに言われたから行動したと言っていた。それが正しいのならば——アルヴィドを始末したいのは、マデリーネではなくレイラなのではないだろうか？

（最悪だわ。そうだったとしたら、何とかしなくちゃ……！）

そう思い、セイディはフレディに向かって頷いた。そうすれば、彼はセイディの考えを読み取ってか、地図をぺらぺらと捲る。

その後、もう一度魔法陣の上に置くと——とある一点が光った。

「当たりみたいだね」

フレディがそう言って、地図を指さす。アーリス病院と書かれた場所に、微かな光がにじみ出ている。どうやら、レイラはアーリス病院にいるらしい。

「……行きましょう」

今からアーリス病院に行って、入れ違いになる可能性は少なくはない。でも、行かなくちゃ——と、そこまで思ってミリウスに肩を掴まれた。驚いて彼の顔を見上げれば、彼はにんまりと笑う。

「フレディ、レイラ・オフラハティを召喚してくれ。……場所は、そうだな。……騎士団の寄宿舎前の広場でいい」

ミリウスが余裕たっぷりな声音でフレディにそう命じる。フレディはやれやれとでも言いたげに肩をすくめると、人さし指を自身の口元に押し付ける。それから、ウィンクを飛ばしてきた。もちろん、セイディに。

「いいですけれど、報酬は弾んでくださいね。もちろん、セイディも」

「……はい」

彼が言うところの報酬を弾むがいくらくらいなのかわからないが、少なくともセイディに対しては良心的にしてくれる……と思おう。

今はとにかく、そんなことよりもレイラだ。

「殿下は、先に広場に向かっておいてください。僕は、セイディと一緒にレイラ・オフラハティを召喚しつつ、動向を見ています」

「あぁ、任せた」

フレディの言葉を聞いて、ミリウスが颯爽と場を立ち去っていく。

残されたのは、セイディとフレディ。フレディは机の上に複雑な模様を描いていく。

「……こんなこと、面倒だから引き受けたくなかったんだけれどね」

フレディがボソッとそう言葉を零す。だからこそ、セイディは眉を下げた。確かに、彼にだって仕事がある。こんな突拍子もない依頼を、受ける筋合いはなかった。

「でも、これが僕がやったことの償いになるんだったら……殿下にはこき使われようと構わないんだ」

「フレディ、さま」

「ま、なんてきれいごとかもしれないけれどね。……報酬は弾んでって言ったけれど、セイディには別に求めたりしないよ」

そこまで言って、彼がペンらしきものを机の上に置く。

かと思えば、彼は何やら呪文らしきものを唱え始めた。

「――レイラ・オフラハティの動向を」

彼がそう唱えると、目の前にレイラらしき女性が映る。彼女は焦ったような表情を浮かべつつ、病院を駆けていた。周囲の看護師たちが、レイラを咎めるような声をかけている。が、彼女は無視だ。

「……レイラ」

久々に見た異母妹の表情は、ひどいものだった。焦り、怒り、憎悪。そんな感情を顔に浮かべた人間は、こんなにも醜い雰囲気なのか。心の中でそう思い、セイディはぐっと下唇を噛む。

「行くよ」

フレディがそう唱えるとほぼ同時に、部屋中をまばゆいばかりの光が包み込んだ。

一秒、二秒、三秒。――十秒、二十秒。

それほどの秒数が経ち、セイディは目を開ける。そして、驚いてしまう。

「……ど、うして」

先ほどまで宮廷魔法使いの部屋にいたというのに。今は、外にいる。それも、ここは――先ほどマデリーネと対面した、騎士団の寄宿舎前にある広場だ。

「な、な、なっ！」

そして、セイディの目の前には焦ったような表情を浮かべる、根本の顔立ちは大層可愛らしい少女。

「こ、ここ何処よ⁉」

レイラ・オフラハティがいた。

VS レイラ

ぱちぱちと目を瞬かせるレイラは、セイディを見つけハッとする。

彼女の手にはきらりと刃先が光る短剣が握られている。……大方アルヴィドを、始末するつもりだったのだろう。

それを悟りつつ、セイディはレイラの方に一歩を踏み出した。

「……レイラ、久しぶりね」

ゆっくりとそう声をかければ、彼女は頬を引きつらせた。その可愛らしい顔には色濃く焦りが映っている。それを見つめつつ、セイディはまたレイラの方に一歩を踏み出す。

「……お義姉様」

レイラがセイディのことを呼ぶ。その言葉に対し、セイディはこくんと首を縦に振る。すると、レイラは短剣の切っ先をセイディに向けてきた。

「ど、どうして、お義姉様がここにいるのよ……！　そ、そもそもここは何処……!?」

焦ったような口調と、震えた手。

彼女は大方強がっているだけなのだ。そう思い、セイディは「ふぅ」と息を吐く。視線だけで周囲を見渡せば、木の陰にミリウスが見えた。どうやら、彼はセイディとレイラの時間を邪魔するつもりはこれっぽっちもないらしい。ある意味、感謝だ。

「レイラ」

「な、なによ……！」

彼女のぱっちりとした大きな目が、セイディを映す。彼女の目の奥はひどく揺れており、見方によってはセイディがレイラのことを虐めているようだ。……全く、さすがは庇護欲をそそる容姿をしているというべきか。

「ここが何処かは、この際省いておくわ。……レイラは、アーリス病院で何をしようとしていたの？」

じっと彼女の目を見つめて、セイディはレイラにそう問う。そうすれば、レイラが露骨に視線を逸らした。

「それに、オフラハティ子爵家の借金も、どういうこと？　お義母様に聞きそびれたから、レイラに聞くけれど」

やれやれとばかりに肩をすくめ、レイラを見据える。レイラは一瞬だけそっと視線を逸らしたものの、すぐにセイディを見つめる。その視線は鋭いものであり、まるで凍てついた空気のように冷たい。

「……借金に関しては、教えてあげる。あのお金は全部私が使ったわ」

レイラが淡々とそう答える。けれど、あの額のお金をたった一人で使えるのだろうか？

「本当のことを、言って頂戴」

凛としてレイラのことを見つめ続ける。セイディのそんな真剣な態度が面白かったのか、レイラは笑った。唇の端を上げ、セイディに対しにんまりと笑う。

「いいえ、私が全部使ったの。……だって、私には夢があるのだもの。その夢のためのいわば投資よ」

「……夢？」

セイディがぼんやりとレイラの言葉を繰り返せば、レイラはしっかりと首を縦に振った。その目が何処となく虚ろに見えるのは気のせいではなさそうだ。

「私はね、マギニス帝国の皇后になるのよ。……だって、お母様がおっしゃっていたもの。私はいずれはマギニス帝国の皇后になる存在だって」

「……そう」

「だから、私は自分を飾らなくちゃならないの。ドレスにしても、アクセサリーにしても、とっても高価なものが必要なのよ」

うっとりとして、両手で自身の頬を押さえながらレイラはそう言う。その姿はまるで恋する乙女のようにも見えてしまった。

「私はこんなちっぽけな国で終わるような人間じゃないの。私は特別なの。だから、私はマギニス帝国で皇后の座に就くのよ」

「そのために、聖女の情報も流したの？」

「えぇ、そうよ。この王国を上手いこと侵略出来たら、私は立役者として皇后になれるもの」

その場で大きく手を広げ、レイラがにっこりと笑う。そのうっとりとした表情とその仕草。それらは合わさると果てしない狂気を生んでいるようにも、見えてしまう。

「貴女は、この国に愛着はないの？」

「そんなものあるわけがないわ。だって、私、こんなちっぽけな国で終わりたくないもの」

セイディの問いかけにまるで当然とばかりにレイラはそう答えた。つんと澄まし、斜め上を向きながら。その仕草はとても可愛らしい。けれど、言っていることはめちゃくちゃだ。

「……じゃあ、どうしてジャレッド様を私から奪ったの？」

「そんなもの簡単よ。お義姉様がいたら、私の計画は成功しないわ。だから、いなくなってもらうほかなかった。でも、追い出すにはそれっぽい理由が必要。……そのために、婚約破棄をさせたの」

ころころと笑い、レイラはそう続けた。かと思えば、呆れたように視線を下に向ける。次々に変わる彼女の表情は愛嬌があるとでも言えるのだろうか。いや、この場合そんな風に言えるわけがない。

「だけど、まさかお義姉様がここまでタフだとは思わなかったわ。予定ではそこら辺で野垂れ死んでいるはずだったのに」

「……生憎ね」

どうやら、マデリーネとレイラの計画は同じようで根本が違うらしかった。

マデリーネはセイディを利用出来る限り、利用しようとしていた。が、レイラは邪魔だと思っていた。そのため、レイラはセイディを始末しようとしていた。……全く、二人してハチャメチャな計画を練るものだ。

（同じ目的ならば協力すればよかったのに）

そう思ったが、この自分勝手な二人には無理な話なのだろう。そんなことを思い、セイディはもう一度レイラを見据える。

……呆れて開いた口がふさがらないとは、まさにこんな感じなのだろう。

「……悪いけれど、私はそう簡単に死ぬ人間じゃないの。……それくらい、貴女だったら知っていたと思うけれど?」

静かにそう告げれば、レイラは笑っていた。その指できれいな髪の毛を弄りつつ、セイディをちらりと見つめる。

「そうだったかもしれないわ。忘れちゃったけれど」

ころころと笑いつつ、レイラがセイディを見据える。その目に微かに宿った狂気の端を感じて、セイディはぶるりと身を震わせた。

「どっちにしろ、この国はマギニス帝国に侵略されるのよ。……そうすれば、私は皇后。バカなお母様の願いも叶うのよ」

「……レイラ」

「あ~あ、本当にバカしかいないわ。お父様も、お母様も。ジャレッド様も。利用できなくなったら、用済みだわ」

そう言うレイラの言葉に、セイディはぐっと息を呑む。彼女は、人を何だと思っているのだろうか。そんなことを思うからこそ、胸の中から確かな怒りが湧き上がってくる。ふつふつと煮えたぎる怒り。けれど、これに身を任せてはいけない。

（そうよ。冷静になりなさい。……レイラの証言はミリウス様も聞いてくださっている。ここは、出来る限り情報を引き出すのが先だわ）

そうだ。怒りに身を任せてレイラを叱責するよりも先に、することがあるのだから。

自分自身にそう言い聞かせ、セイディはレイラを見つめる。その狂気を抱いたような目は、恐ろしささえ感じてしまう。

「つまり、レイラはお父様のことも始末するつもりだったのね？」

彼女の言動。アーリス病院にいたという事実。それらを考えるに、レイラはアルヴィドを始末するつもりだったのだろう。

一応確かめるつもりでそう問いかければ、レイラは頷いた。不気味なほどににっこりと笑っていた。

「えぇ、そうよ。お母様のことも始末したかったけれど……でも、無理だったわ。だって、捕まっちゃったんだもの」

「そう」

「ジャレッド様も同じ。……でも、まさか帝国の魔法騎士が利用するとは思わなかったわ。これが本当のリサイクルね」

肩をすくめて、レイラがそう言う。……リサイクルなんて言う彼女の気が知れない。心の中でそう思いつつ、セイディはまた「ふぅ」と息を吐いた。抑えろ、抑えろ。この怒りの感情に身を任せてはいけない。

（そもそも、こんな子でも私の異母妹であることに変わりはないんだわ。……たとえ、狂っていた

としても）

　この憎たらしい女の子が、自分の異母妹であるという真実はどう足掻いても変わらない。

　それに、こんな彼女の根本を作ったのはマデリーネであり、アルヴィドなのだ。レイラはある意味の被害者……と、言い切れないのがもどかしい。

「レイラ」

　はっきりと、レイラの名前を呼ぶ。そうすれば、彼女はちらりとセイディに視線を向ける。けれど、すぐに興味をなくしたように自身の髪の毛を弄る。まるで、枝毛でも探しているかのような仕草だ。

「一つだけ、言っておいてあげるわ」

　わざと上から目線で、セイディはそう告げる。

　その所為なのだろうか、レイラの眉が顰められる。どうやら、セイディに上から目線で言われたことが気に食わなかったらしい。

「なによ、お義姉様――」

「――人にやった行いは、全部自分に返ってくるのよ」

『光の収穫祭』のとき。ミリウスはそう言っていた。人にいい行いをすれば、それは自分に返ってくる。逆もそうだと。

「だから、貴女は幸せにはなれない。人の幸せを踏みにじってきた貴女が――」

　――幸せになれると、思わないことね。

強い意思の宿った目で、セイディはレイラをただ睨みつけた。

レイラは、一瞬だけぼうっとしたような表情になる。が、すぐにその可愛らしい顔に確かな怒りをにじませる。

「ばっかじゃないの⁉　そんなこと、信じるなんてお子様だわ。……いいこと？　私は正しいの。私は、帝国の皇后になるのよ！　それだけは、何があっても変わりのないことだわ！」

「……それは、間違いなく無理なのよ」

セイディはゆるゆると首を横に振る。だって、アーネストが言っていたのだ。

（マギニス帝国の皇帝は、たった一人のために動いていると。その人物がいる以上、レイラが彼の最愛になれることは、ないわ）

レイラはきっと、マギニス帝国の皇帝の最愛になりたいのだ。そうすれば、彼女が実質世界の支配者ともいえるから。

でも、セイディは知っている。彼には——最愛の人がいると。

「だって、彼には最愛の人がいるそうだもの」

「……え？」

「アーネスト様から、聞いたわ。……彼には最愛の人がいる。その人のためだけに、こんなふざけたことをしているって」

その最愛の人は、どんな人物なのだろうか。

それは気になるが、セイディにそれを知る術はない。

「……嘘だわ。お義姉様、私に嫉妬しているからそんな嘘を言うんだわ」

ぶんぶんと首を横に振るレイラが、視界に入った。かと思えば、彼女はセイディのことを睨みつけてくる。

「――私の邪魔は、誰にもさせないわ！」

レイラが、手に持った短剣を握り直す。その切っ先をセイディに向け――地面を蹴る。

それに反応するように、セイディが身体を動かす。

レイラの持つ短剣の切っ先がセイディのメイド服の袖に当たり、ほんの少し切れてしまう。

「私は、私はっ！　これくらいで終わるような女じゃないのよ！」

地面を踏みしめ、レイラが方向を変える。もう一度セイディに向かって短剣の切っ先を向けてくる。……防戦一方になりそうだ。

（――どうにか、しなくちゃっ！）

少なくともこの場面でミリウスを頼るのは、都合が良すぎるとしか思えない。

レイラとの決着は自分でつけろ。彼がそう言いたいであろうことは、嫌というほどわかる。だって、その証拠に彼はセイディが視線を向けても頷くだけだ。

実際、セイディが相当なピンチに陥れば彼は助けてくれるのだろう。けれど、彼は信じているのだ。

――セイディが、きちんとレイラに向き合えると。

（信じてくださっている。……だから、私はその期待に応えるっ！）

ぐっと下唇を噛んで、セイディはレイラに向き直る。彼女の青色のきれいな髪が乱れているのは、先ほどから一心不乱に短剣を振り回しているからだろう。

(動きは拙いわ。騎士の皆さまとは比べものにならない)

普段騎士たちの訓練を遠目から見ているセイディには、レイラの動きの拙さがよく分かった。

聖女は戦闘訓練はしない。護身術はある程度覚えるが、刃物を持った人間に対する動きは習わない。……全く、肝心なところで使えない。

「私は、こんなところで終わるような女じゃない!」

「……レイラ」

彼女の言葉はまるで悲鳴のようにも聞こえてしまった。

その所為で、セイディの動きが一瞬鈍る。それが、一瞬の隙になる。

「——何でもかんでも、お義姉様は持っているのにっ!」

レイラの持つ短剣の刃が、セイディの肩をかすめる。……もう、こうなったら——。

(いっそ、こっちから攻撃しよう)

いい加減、彼女の癇癪に付き合うのは止めだ。悲鳴を上げている。それはわかる。でも、彼女を助けられるほど自分は人が出来ていないのだ。

そう思い、セイディは咄嗟にレイラの手首をつかんだ。そして——彼女の腹部に少し刺激の強い光の魔法をぶつける。

「——っ!」

レイラの身体が傾き、痛みからか彼女の手から短剣が零れ落ちた。それをレイラの手の届かないところまで、蹴り飛ばす。

「っつ」

地面に横たわったレイラが、セイディのことを見上げてくる。だからこそ、セイディは息を思いきり吸った。

それから――。

「本当に、レイラは最低だわ」

静かな声で、しっかりと、はっきりと。レイラにそう告げた。

「私が何でも持っている？　それを貴女が言う？　貴女は、私から何もかもを奪い取ったわ」

マデリーネと共に、レイラはセイディから様々なものを奪い取った。アルヴィドの愛も、使用人たちの愛も。それこそ、オフラハティ子爵家の財産も何もかもを。

そんな彼女がセイディを責める筋合いなどないだろう。

「だ、だって、だって、だって！」

「そんな駄々をこねて、貴女は結局子供なだけじゃない。悲劇のヒロインに酔って、ただ楽な方へと進んでいるだけじゃない」

人を陥れたところで、得られるのは虚無感だけだとセイディは思っている。

だから、レイラが手に入れられるのはマギニス帝国の皇后の座ではない。手に入れられるのは――確かな虚無感。それだけのはずだ。

「貴女は罪悪感なんて感じないかもしれないわ。だけど、貴女が傷つけた人たちは、確実に貴女を憎んでいる。嫌っている」

「……」

「私も、貴女が大嫌いよ」

レイラの目をしっかりと見つめて、セイディはそう宣言する。ここできれいごとなんて言えるわけがなかった。

きれいごとを言ったところで、彼女は成長しない。

「最低で最悪で、性悪で。意地悪でバカみたいに人のモノを欲しがる子だけれど」

「……な、によ、それ」

地面を見つめ、レイラが唇を震わせる。

それは、確かな抗議なのか。はたまた――認めているのか。それを、セイディが知る術はない。

「それでも、私にとっては妹であることは間違いないのよ。……貴女を許せるかどうかは、分からないわ。でも、妹であることは変わりない」

視線を合わせるように、しゃがみこむ。すると、レイラとしっかりと目が合った。……あぁ、こうやってレイラと向き合うのはいつぶりだろうか。そんなことを、微かに考えた。

「だから、貴女が反省するのならば、それ相応に手伝ってあげるわ」

上から目線の言葉は、せめてもの嫌がらせだったのだろう。

その言葉を聞いたためか、レイラがセイディを睨みつける。全く、何処までもこういう面ではへこたれない。こういうところ、自分とそっくりかもしれない。そう思い、セイディが口元を緩める。

「……ばっかじゃないの⁉」

セイディの言葉を聞いて、レイラがそう声を上げた。

「もう、私は後には引けないの。反省するとか、しないとか。そういう問題じゃなくて――」

――もう、手遅れなのよ。

静かな声でレイラがそう言う。その手は地面を思いきりたたいていた。

「も、何もかも、手遅れなのよ。……私が生まれた時点で、全部手遅れだったのよ」

「……どういう、こと？」

「……一つだけ、言っておいてあげるわ。私がお義姉様の行動を知ったのは、マギニス帝国の皇帝陛下から情報をもらっていたからよ」

「……え？」

レイラの言葉の意味がよく分からない。セイディがそっとそう問いかけたときだった。

「セイディ！」

遠くからミリウスの声が聞こえてきた。その後、誰かに手首を引かれ――レイラから引き離される。

「――レイラっ！」

思わずレイラに手を伸ばした。彼女の後ろには黒い靄のようなものがかかっており、それは徐々に人の形に形成されていく。

「……セイディ・オフラハティ。……また、キミなんだ」

セイディの耳に、聞こえてくる確かな声。その声の主を、セイディは知っている。

「――ブラッドリー・バレット・マギニス様」

使えないから

セイディが彼――ブラッドリーの名前を呼ぶと、彼はその目を少しだけ見開いた。しかし、すぐに納得したようにうなずいていた。

「セイディ・オフラハティ」

ブラッドリーがセイディの名前を繰り返し呼ぶ。そのため、セイディは彼に向き直った。セイディのすぐ隣にはミリウスがおり、彼はブラッドリーをただじぃっと見つめている。

「セイディ、あれは一種の幻影魔法だ」

「承知、しております」

ミリウスに耳打ちされ、セイディはこくんと首を縦に振る。

けれど、幻影魔法とは主に映像を飛ばすだけのもののはずだ。あんな風に実体化することはあり得ない。

(いいえ、あり得るのよね。だって、実際そうじゃない)

レイラを掴みながら、ブラッドリーの幻影はきょとんとしている。彼の長い黒色の髪が、さらりと風になびいた。

「レイラを、どうするつもりですか？」

そっとそう問いかけた。すると、ブラッドリーは驚いたように目をぱちぱちと瞬かせる。その後、彼は小首をかしげた。

「別に、どうするつもりもないけれどさ。……あえて言うのならば、始末しておいた方が良いかなぁって」

きょとんとしたままそう言う彼は、まるで無邪気な子供のようだ。子供が善悪関係なく、おもちゃを壊してしまうような。そんな雰囲気を醸し出している。……一種の狂気で、間違いない。

「だって、僕の邪魔だから。……このまま口を開かれたら、僕の計画はめちゃくちゃだ。先ほども余計なことを言いかけたしね」

「……利用するだけ利用して、用済みになったら始末するっていうことですか」

セイディの言葉には、とげがある。いや、この場合とげを含まないと言葉を発せなかった。

この人物は。ブラッドリーという人物は。人の命を何だと思っているのだろうか。すべて自分の手の中に在るとでも思っているのだろうか。

「……その言い方も、正しいかもしれない」

「お義母様のことも、レイラのことも。そそのかしたのは貴方様ですよね？」

じっとブラッドリーを見つめて、そう問いかける。すると、彼はまた首を傾げた。

「何を言っているのかはわからないけれど、それは多分僕の父親のことだと思うかな」

のんびりとした口調。しかし、その言葉の節々には確かな狂気が宿っている。それは歪んでいる。

そう強く実感させる。

「まぁ、どっちでもいいけれどね。……とりあえず、レイラ・オフラハティは始末しなくちゃね。そもそも、面白そうだからキミのこと魔法で監視していたんだけれどね……」

「……え？」

つまり、その言葉が正しいとすれば。セイディの動向を監視していたのは——マデリーネでも、レイラでもなく。

（このお方、だったの……？）

予想もしていなかったことに、セイディの目が大きく見開かれた。

けれど、今はそれよりも——。

ブラッドリーの幻影が、レイラの首に腕を回す。……やばいと思った。それは、本当に咄嗟のこと。

「やめてくださいっ！」

思わずそう叫んだ。そうすれば、ブラッドリーの目が驚いたようにセイディを見つめる。まるで、どうしてそんなことを言うのかとでも言いたげだ。

「何を言っているんだ？　キミは散々レイラ・オフラハティに傷つけられた。……これは当然の報いだと思ってもいい立場だ」

ブラッドリーの言葉は間違いないことだ。セイディならばレイラの不幸を望むことが出来る立場。でも、そう簡単に割り切ることは出来ない。

「それは、そうかもしれません」

彼の目を見つめて、セイディはゆっくりと口を開く。

「けれど、私はそんなこと望まない。……レイラに反省する気持ちがあるのだったら、それを尊重するべきだと思っています」

静かにそう告げれば、隣にいたミリウスがピクリと肩を動かしたような気がした。彼からしても、それは意外だったのかもしれない。

対するブラッドリーは、セイディのこの言葉をどう思うのだろうか。身構え、彼を見つめる。すると、彼は口元を緩めた。

「……そう。そういう考え、僕は好きだよ」

「え……？」

予想もしていなかった言葉だった。彼のような残虐な人間ならば、このセイディの考えを蹴り飛ばすだろうと思っていたのに。

なのに、どうして。どうして彼は――セイディの考えを肯定するのだろうか。

「僕の最愛の人も、きっとそう言う。いや、実際にそう言っていた。昔々の話だけれどさ」

ブラッドリーが目を瞑る。その後目を開き、懐かしむように遠くを見つめていた。

「だけどさ、人って残酷だよ。僕の大切な人を傷つけた。……だから、僕は絶対的な支配者になるって決めた」

「……そんな、ことで」

セイディの口から漏れた言葉に、ブラッドリーの眉間が動く。怒らせたのだろうか。そう思ったものの、彼は笑うだけだ。

「『彼女』も、そう言っていた。……でも、もう後戻りはできない。僕は僕の道を行く。そのために、不必要なものは全部ゴミ箱に入れなくちゃならないんだ」

レイラの顔色がどんどん悪くなっていく。……本当に、マズイ。

そう思い、セイディは思考回路を動かす。どうしよう。どうやって――レイラを助けようか。

「なぁ」

そんなとき、場に似つかわしくないのんきな声が聞こえてくる。驚いてその声の主、ミリウスに視線を向ければ彼は頭を掻いていた。

「そこまでしたところで、お前は何を手に入れられる？」

のんびりとした声音だった。しかし、その言葉の節々には確かな怒りが含まれている。それを察しつつ、セイディはミリウスの言葉の続きを待つ。

「そんなことをしたところで、お前は何になる？　『彼女』の話をしっかりと聞いたか？」

淡々と告げられるその言葉に、ブラッドリーがそっと視線を逸らしたのがわかった。

が、すぐにミリウスをまっすぐに見つめる。その目には強い意思が宿っているようにも見えた。

狂気ではない、確かな強い意思だ。

「……ぼ、くは」

「そういう自分勝手なの、止めた方が良いと思うぞ」

到底大国の皇帝を相手にしているとは思えないほど、軽い口調だった。まぁ、それがミリウスという人物なのだろうが。

心の中でそう思いつつ、セイディは「ふぅ」と息を吐いた。

「ま、結局決めるのはお前だ。……俺は、この国を守るだけだからな」

ミリウスはそう言葉を締めくくっていた。その後、彼はブラッドリーの幻影に大剣の切っ先を向ける。

その眼光の鋭さは、今までにないほどだった。

「……まぁ、そうだな。信念が違えば、誰だってぶつかり合うことになるからね。……出来たら僕はキミを相手にしたくない。でも、もう後には引けないしね」

ゆるゆると首を横に振り、ブラッドリーの幻影が消えていく。

そうすれば、徐々にレイラの顔色は良くなっていく。どうやら、彼女を拘束していたものは消えていったらしい。

「でも、一つだけ覚えておいて」

――僕は、何があっても理想を貫くから。

周囲に響き渡るような声だった。それに反応するようにセイディが空を見上げる。空には無数の光の粒子が浮かんでいた。

「……あ、レイラっ！」

けれど、すぐに思いなおしてレイラの方に駆けよる。彼女は地面に倒れこんだまま動かない。だが、息はあるようだ。それに、ほっと息を吐く。

「そいつはどうだ？」

ミリウスがセイディの隣に寄ってきて、そう問いかけてくる。なので、セイディは彼を見てこくんと首を縦に振った。

そうすれば、彼は頭を掻く。

「とりあえず、適当に誰か呼んでくるわ。話はその後だな」

颯爽と場を立ち去りながら、ミリウスがそう言う。

だからこそ、セイディはレイラを見つめていた。

(息はあるし、治癒魔法をかける必要もなさそうね)

ただ気絶しているだけならば、そこまでする必要はないだろう。

そう判断し、セイディはレイラの顔を見つめる。ぱっちりとした目。ふわふわときれいな髪。まるでお人形のような女の子。

(この子が、歪んでしまったのは……やっぱり、お義母様やお父様が原因なのでしょうね)

生まれたときは、きっとまだ無垢だったに違いない。が、歪んだ教育を受け続けた所為で、彼女は歪んでしまった。

挙句の果てには自分の信じた者にまで裏切られた。……何とも言えない悲痛な人生のような気もした。

「でもね、レイラ。……貴女は、そうなっても当然の行いをしてしまったのよ」

もちろん、根本の原因はマギニス帝国なのだろう。それは、分かる。しかし、その道を選んだのはレイラなのだ。

それだけは、間違いない。

「だから、私は貴女を何があっても許さないわ。……だけどね、レイラ。私、仲のいい姉妹っていうのにも憧れていたのよ」

それはずっと小さな頃の話だ。今はそんなことを望みはしないけれど。心の中で、セイディはそう付け足す。

そんなことをレイラに語りかけていれば、遠くから誰かの足音が聞こえてくる。そちらに視線を向ければ、そこにはミリウスがいた。その後ろにはアシェルがおり、彼は何処となく疲れ果てたような表情をしている。

「セイディ」

「……あ、アシェル様」

アシェルがセイディに声をかけてくる。その後、彼はレイラに視線を向けた。

「……いいか？」

それは、レイラを連行してもいいかという問いだったのだろう。

それを察しつつ、セイディはこくんと首を縦に振った。

（――さようなら、レイラ）

きっと、もう会うことなどない。道を交えることもない。でも、どうか貴女の残りの人生が――。

（――まだ、マシなものになることを願っているわ）

マギニス帝国から解放されて、自分自身の道を歩めますように。

今のセイディにはそれしか望めない。望むことが、出来ない。

「……さて、後片づけでもするか」

そんなセイディに、ミリウスが声をかけてくる。その言葉に、セイディは頷いた。

「じゃあ、行くぞ」

ミリウスに手を引かれ、セイディは場を移動する。……これで、全部終わったのだ。

アルヴィドのことも、マデリーネのことも、レイラのことも。実家との決別は、終わった。

（だけど、この後にもきっとたくさんやることがあるんだわ）

そう思い、セイディは目を瞑った。

結末と再会、新たな場へと

それから数週間後――……。

（……終わり、なのね）

王都から割と離れた場所にある、オフラハティ子爵家の屋敷。その屋敷と敷地の入り口には大きな看板に大きな字で『売地』と書いてある。

マデリーネとレイラが捕らえられて一週間後。王宮で会議があったらしく、オフラハティ子爵家は爵位を剥奪することが決まったそうだ。

アルヴィドも回復次第事情聴取を受けることとなり、ちょうど三日前に連行された。

そのとき、セイディは彼を見送った。彼はセイディが見送りに来たことを驚きつつも、何処となく嬉しそうに笑っていたのが印象的だった。

たとえマデリーネに操られていたとしても、自分の罪はしっかりと償う。彼は最後にそう言い残し、馬車に乗り込んだ。

(私は……)

ワンピースの裾をぎゅっと握りつつ、セイディは屋敷を見上げる。

……いい思い出は、あんまりなかったような気がする。もちろん、祖父母が生きていた頃は別だ。だけど、それ以降は悪い思い出の方が多かったと思う。

(でもね、あの頃の私。……私は、もうひとりぼっちじゃないから)

目を瞑って過去の自分に話しかける。エイラやジルたちがいても、小さなころのセイディはずっとひとりぼっちだと思っていた。

でも、それは違う。……今のセイディにはたくさんの友人がいる。だから、どうか。

(あの頃の私が、報われてくれますように)

そう思い、目を開ける。そして、振り返ったときだった。

「……エイラ？　ジル？」

セイディの後ろに、エイラとジルがいた。

彼女たちを見つめセイディが目を大きく見開けば、二人は顔を見合わせる。しかし、すぐに頷き合うと一通の手紙を差し出してきた。

「……これは？」

小首をかしげてそう問いかければ、エイラがゆっくりと口を開いた。

「これは、貴女様のお母様からのお手紙でございます」

「……え？」

意味が、分からなかった。その所為でセイディがきょとんとしていれば、エイラは深く頷く。

「亡くなる少し前に、書かれておりました。……時が来れば、お嬢様に渡してほしい。そうおっしゃって、私に残されました」

エイラのその真剣なまなざしに押され、セイディはゆっくりとその手紙を受け取る。

手紙の後ろには『パトリシア・コリーン・オフラハティ』と書かれている。

宛名には――『私の最愛のセイディへ』と。

「開けても、いいの？」

セイディがそう問いかければ、エイラは頷く。ゆっくりと封を開ければ、中には一枚の便せん。それから地図らしきものが入っていた。

（この地図は、公国の）

軽く見たところ、この地図はヴェリテ公国のものらしかった。しかし、今はそれよりも。

そう思い、ゆっくりと便せんを開いた。

（……セイディへ）

『これを読んでいるということは、きっと時が来たということなのでしょうね。……セイディ、貴女は私のことを知る必要があるということなのでしょう。できれば、知ってほしくない。でも、知らなくちゃならないこともある。だから、どうか、どうかヴェリテ公国へと向かってください。母からの、最後のお願いです』

端的に書いてあるその言葉に、セイディは息を呑む。それに、何よりも。

（……愛しているわ、か）

最後の最後に、震える字で小さく書かれたその言葉に、セイディは目頭が熱くなるのを感じた。

「……お嬢様」

そんなセイディを見つめ、エイラが声をかけてくる。彼女に視線を向ければ、彼女はハンカチを差し出してくれた。それを受け取り、目元を拭う。

「どうか、お母様の最後の願いを、叶えてくださいませんでしょうか？」

その後、エイラは静かな声でそう告げてきた。

「お嬢様のお母様は、ヴェリテ公国出身の聖女様でございます。貴女様にはパトリシア様のすべてを知っていただきたいのです」

「……だけど」

「どうか、お願いいたします」

深々とエイラが頭を下げる。……そこまでされたら。いいや、違う。

（私は、お母様のことを知りたい）

自分は確かに実母のことを知りたいのだ。そう思い、セイディはエイラを見つめる。

「……私、行きます」

――ヴェリテ公国へ。

しっかりとはっきりと。セイディはそう言葉を紡いだ。その瞬間、周囲を生暖かい風が吹き抜けた。

春は、もうすぐそこだ――。

新しい波乱の幕開け（ミリウス視点）

セイディが決意をするのとほぼ同じ時期。綺麗な金色の髪の毛をなびかせながら、煌びやかな王宮を歩いてミリウスが向かうのは――国王の執務室。

扉を三回ノックし、中から返事があったので扉を開く。

すると、中には執務机の前に腰掛ける国王――ハルステン・リアがいた。

「あぁ、ミリウス。待っていたよ」

彼はにこやかな笑みを浮かべ、ミリウスを部屋に招き入れる。

だからこそ、ミリウスは息を吐きながら部屋のソファーに腰掛けた。

「……で、陛下。何の用……ですか？」

一応丁寧な言葉に言いなおし、ミリウスがハルステンを見つめる。そうすれば、彼は苦笑を浮かべていた。

「いや、ミリウスに正式な公務を割り振ることが決まったよ」

しかし、ハルステンはすぐに表情を作り変え、真剣な声音でそう告げてきた。

「……公務ぅ？」

「あぁ、そうだよ。……もうすぐ、ヴェリテ公国で会議が開かれるのは知っている……よね？」

疑わしい目を向けてくるハルステンに、ミリウスは頷く。

さすがのミリウスでも、それくらいは知っている。伊達に長年王族はやっていない。そもそも、それはつい最近聞いた。

「それね、正式にミリウスが参加することになったよ」

「……はぁ？」

確かに会議は王族ならば誰が行ってもいいものである。けれど、大体は国王が行く。わざわざ王位継承権のない王弟が行くような場所ではない。

「そんなもの、陛下が……」

「悪いんだけれど、こっちは仕事が立て込んでいるんだよ。……誰の所為かな。そもそも、この間言ったじゃない」

にっこりと笑ってそう言われると、もう何も言えない。実際、ミリウスが王位継承権を放棄しなければ、ハルステンに仕事のしわ寄せが行くことはなかったとも言えるのだ。

「はいはい。行けばいいんだろ、行けば」

ジト目になりながらハルステンを見つめれば、彼は大きく頷いた。毎度思うが、彼はミリウスの上を行く。アシェルやジャックでもできないことを、易々とするのだ。

「じゃあ、そういうことだから。……会議の少し前にこっちを発ってもらって、ヴェリテの公爵閣下と話す機会も設けておいたよ」

「……本当に、そういうところは」

（抜かりないな）

心の中でそう思いつつ、ミリウスは一応予定を立てていく。これでもミリウスは優秀なのだ。……普段はその頭を使わないだけである。そっちの方が問題になりそうな気も、するが。

「ミリウスには必要ないかもだけれど、護衛を連れていくこと」

「……あぁ」

「アシェル君やジャック君は確定として、あと数人選んでおいてね」

「……ちょっと待て」

「その二人はお前のお目付け役だからね」

ニコニコと笑って、ハルステンはそう言う。かと思えば、話は終わりだとばかりに仕事に戻った。

……こういうところ、本当にミリウスに似ている。

（アシェルとジャックを連れて行ったら、どうなるか……）

絶対に秒単位のスケジュールを組まれ、自由な時間などないだろう。……考えるだけで、ぞっとする。

だからといって、ハルステンに逆らうわけにもいかない。ここは、あきらめるしかない。

（はぁ、めんどくさ。……でも、これも必要なことか）

そう思いなおし、ミリウスは立ち上がる。とりあえず、連れて行く騎士たちを選ばなくては。一応魔法騎士の方はジャックに任せよう。そんな風に考え——ミリウスは窓の外を見つめた。

窓の外には暗雲がたちこめている。けれど、ほんの少しだけ——きれいな光が、差し込んでいた。

書き下ろし

騎士ラスの恋は前途多難（モブ騎士・ラス視点）

ラスは騎士である。

リア王国の貧乏男爵家の三男として生まれたラスは、幼少期から父に騎士か魔法騎士を志すようにと言われてきた。

今思えば、それはラスが三男だから。一人で生きていく術を身に付けさせるための、父の親心だったのだろう。

まぁ、もしかしたら家にお金がないため、お金を入れてもらおうという算段は、少しくらいあったかもしれないが。

そんなラスは十五歳のときに王立騎士団に入団することが出来た。現在は十七歳であり、もう新米とは言えない時期だ。

そして、ラスには――ひそかに、憧れている人がいる。

☆★☆

柱の陰から、ラスはその人物を見つめる。少し唸りながらも手を動かすその人物は――騎士団の寄宿舎に唯一住んでいる女性。騎士団の世話役として団長ミリウスが雇ったメイドである。名前はセイディだ。

（はぁ、今日もセイディさん、きれいだし可愛いなぁ……）

完全に不審者である。

しかし、そんなラスを気に留める者はほとんどいない。

ラスがセイディを好きなのは騎士たちの中ではほぼ一般常識と化しているのだ。ついでに言えば、ヘタレすぎてアピールできていないところも、一般常識である。

ここにいる騎士たちはほとんどがセイディのことを『妹分』として好いている。

だからこそ、ラスの恋路を邪魔する者は『ほとんど』いない。そう、『ほとんど』である。

つまり、多少はいるということで――……。

「セイディさん！」

そんなとき、不意にセイディに近づく一人の赤い髪の少年。彼はニコニコとしながらセイディに声をかけていた。

クリストファー・リーコック。

彼はラスの恋路を邪魔する『多少いる』部類の人間である。むしろ、筆頭。

彼はラスからすれば年下ではあるが、将来有望なことやら侯爵家の生まれということから、油断も隙もない相手なのだ。

「どうなさいました、クリストファー様？」

洗濯物を干していたセイディが、クリストファーの方に視線を向ける。そうすれば、彼は「僕、今日は暇なので手伝います」と言っていた。

（おいおい、嘘だよな？　今日、お前訓練あるよな？）

ラスは心の中でそう思う。実際、今日のクリストファーは訓練の予定のはずだ。……とはいっても、訓練はノルマをこなせばそれで終わりである。彼は真面目なので虚偽の報告をするとも考えにくい。

つまり……彼は、セイディの手伝いをするためだけに、訓練を高速で終わらせてきたということになる。

「えぇっと……クリストファー様のお手を煩わせるわけには……」

セイディがおずおずとそう言う。その姿は完全に遠慮しているようだ。

……ラスは、クリストファーに心の中で怒った。

セイディに気を遣わせるなんて！

「いえ、僕が好きですることなので。……それに、僕、セイディさんが来るまでは雑用もしていましたし」

「……そう、ですか」

あまりにもクリストファーが引かないためか、セイディが折れた。

その結果、二人で談笑しながら洗濯物を干し始める。

（ったく、あいつは……！）

クリストファーは周囲にセイディが好きだと公言している。そういうこともあり、周囲はクリストファーとセイディの仲を邪魔しない。……こちらもまた、『ほとんど』ではあるのだが。

柱の陰から歯ぎしりをしつつ、ラスがクリストファーを見つめていれば、彼がちらりとラスに視線を向けてきた。

どうやら、彼は初めからラスがいることに気が付いていたらしい。

『今日は、僕の勝ちですね』

口パクで、そう伝えてくる。……まったく、腹立たしいことこの上ない後輩である。ちなみに、ラスがクリストファーにこの件で勝ったことは一度もない。つまり、全戦全敗である。

（お、俺だって……やれば、出来るんだからなっ！）

セイディを見つめ続けて約一年が経とうとしている。ラスがセイディと交わした会話など、実のところたかがしれている。

朝の挨拶。昼の挨拶。お疲れ様ですと声をかけられたこともある。……少ない。クリストファーの十分の一にも満たないはずだ。

（俺だって、いつかはセイディさんと世間話とか、まともな会話をするんだからな……！）

目指す目標が明らかに低すぎる。それに関して、ラスが気が付くことはなかった。

☆★☆

別の日。この日、ラスは本部に届け物を頼まれた。普段ならばセイディが行う仕事だったりするのだが、生憎今日、セイディはちょっと別件で王宮に出かけているのだ。

偶然ばったり会えないかな～なんて、のんびりと考えていると目の前にセイディがいた。

……思わず、近くの柱に隠れた。こういうところが、ラスがラスたる所以である。

「ねぇねぇ、セイディ～」

「どうなさいました、フレディ様？」

どうやら、彼女は誰かといるらしい。このののんびりとした声を、ラスはよく知っている。

この国の宮廷魔法使い、フレディ・キャロルだ。

「今日、この後暇だったりしない？　お茶しようよ」

彼はセイディにべたべたと触りながら、そんな誘いをしている。……まったく、懲りない輩である。

（セイディさんだって忙しいんだぞ！　いつまでもお前に構っていられると思うな……！）

完全な負け惜しみであることに、ラスは気が付いていない。

「そうですね。……この後は、暇じゃないですね」

セイディが淡々とそう答える。なので、ラスは内心でガッツポーズをした。フレディが振られた。それすなわち、自分にもチャンスが回ってくるはずだ。……チャンスをもらえる舞台に立っていないことすら、ラスは気が付いていない。

「えぇ～」

「ですが、明日の午後からだったら暇ですよ」

しかし、セイディのその言葉にラスはがっくりと来た。……休みならば、自分が誘えばよかった。ラスだって、明日は休日だ。

「やった。じゃあ、お茶しようよ。僕、最近美味しい茶葉を手に入れてさ。セイディのために淹れてあげる」

ニコニコと笑うフレディが、何処となく憎たらしい。いや、間違いなく憎たらしい。

彼がさりげなくセイディの髪に触れるのも、これまた憎たらしい。殺意で人が呪えるのならば、今のラスは何度フレディを呪っただろうか。……彼がそう簡単に呪われるような人物ではないということは、この際置いておく。

「では、私はお茶菓子の方、用意しておきますね。……最近、美味しいカフェを見つけたのです。そこが、焼き菓子の販売もしていまして、いくつか買ってきたので」

「そっか。楽しみにしているね」

「はい！」

楽しそうに会話をする二人に、ラスは未練がましい視線を送った。……が、行動に移す勇気などない。勇気があったら、とっくの昔に行動している。

「でも、僕が一番楽しみなのは、セイディとお茶をすることだからね」

フレディがセイディにそう言っているのが、ラスの耳にも届いた。普通の女性ならば頬を染めて喜ぶであろうその言葉に……セイディは、きょとんとしている。

なんとなく、フレディが不憫である。

（いや、これは、喜ぶべきことだな……！）

手をぎゅっと握り、ラスはそう思う。……ライバルが撃沈するのは、ある意味ありがたいことなのだ。

『でもさ、キミ、いつまで経っても行動できていないよね』

「……え？」

耳元で、囁きかけるようにそんな声が聞こえてきた。驚いて周囲を見渡すものの、近くには誰もいない。
驚いてフレディを見つめれば、彼はラスの方を見つめていた。
『そんな風だったら、誰かが攫っちゃっても、怒る権利ないからね？　ヘタレ君』
それだけをラスに告げ、フレディはセイディとの会話に戻る。
……ラスは、ただその場で呆然とすることしか出来なかった。
ラスの恋路は前途多難である。
（というか、誰がヘタレだ！　誰が！）
心の中でそう絶叫するも、フレディには聞こえていない。
こうして、ヘタレなラスはこの日もセイディと会話をすることが出来ないのだった。

書き下ろし

とばっちり

冬にしてはほんの少しあったかい日の午後。王都にあるとあるカフェにて。

セイディは何とも言えない気まずい空気に晒されていた。

（どうして、こうなったんだろう……）

セイディの前に腰掛ける不機嫌な男性。真っ赤な髪を持ち、事務作業の際の眼鏡をかけた魔法騎士。ジャック。

セイディの隣に腰掛けるこれまた不機嫌な男性。銀色の髪を持ち、その美しい顔に何とも言えない感情を映す騎士。アシェル。

（……いやいやいや、私、場違い！）

どうして自分は美貌の男性二人に囲まれるように腰掛けているのだろうか。

挙句、隣は壁でありこちらはソファー席。さりげなく逃げることなど、出来るわけがない。

「……ジャック様」

「なんだ、アシェル」

「いい加減、どっちが面倒を見るか決めましょうか」

「……あぁ、そうだな」

真剣な声音で二人がそう言葉を交わし合う。なので、セイディはおずおずと手を挙げた。

「……あの、私がここにいる意味、ありますか？」

実際問題、セイディがここにいる意味などない。これはジャックとアシェルの問題であり、セイディが関与する必要など――。

「あるな」

セイディの意見は、アシェルに一刀両断された。

「あぁ、そもそもアシェルと俺じゃあ解決できないかもしれないからな。……お前がいてくれた方が、まだ結論がまとまる気がする」

ジャックは真剣な声音でそう言うが、そういう問題じゃない。

そもそも――。

「その、どっちがミリウス様の面倒を見るかなんて、私には関係ないじゃないですか……」

本当に、ここにセイディがいる意味がわからない。

(面倒を見たくなかったら、ご本人に言ってくださいよ！)

そう思っても、彼らがそれくらいで折れないことくらいはセイディだって理解している。

つまり、これはいわば八つ当たりなのだ。


こうなったのはほんの二時間ほど前。実家のごたごたが解決し、午後からの半休をどう過ごそうかと考えていたセイディの許に、アシェルがやってきたのが始まりだった。

「ちょっと付き合え。美味しいものおごるから」

そう言われ、セイディはすぐさま頷いた。美味しいものがただで食べられる。なんという魅力的な誘い。

それに、最近アシェルはセイディを連れ出すことが増えた。大体は美味しいものを食べに行くことが多かったので、この日も何の疑いもなく頷いたのだが――カフェについたら、何故かジャックがいた。

そして、アシェルは何のためらいもなくジャックのいた席に向かい、セイディに腰を下ろすようにと言ってきた。

このときのセイディは、まだ疑問を持たなかった。偶然知り合いに会ったので、一緒に過ごそうとしているくらいだと思ったのだ。

だが、アシェルがセイディの隣に腰掛け、ジャックと話を始めたことによりセイディは微かな疑問を持った。

二人が、あまりにも真剣な面持ちで話をしているからだ。

「……あの、真剣に何のお話をされているのですか？」

口を出したが最後。セイディも結果的に二人に巻き込まれる羽目となったのだ。そして冒頭に戻る。

「大体。普段は俺が団長の面倒を見ているんですよ？　もうこのままだと俺は過労死しますよ」

アシェルが軽くテーブルをたたいてそう言う。その際にカップに入った紅茶の水面が揺れた。絶妙な力でたたいたからなのか、零れることはない。ある意味、さすがだ。

（そもそも、アシェル様の場合ミリウス様の面倒を見ているから過労死っていうよりも、別問題があるような……）

アシェルの言葉に、セイディはそう思う。もしもアシェルが過労死するのならば、絶対に別の要因がある。ミリウスの面倒だけではない。

「確かにそれは一理ある。だが、俺はそれ以外で面倒を見させられている。大体俺と殿下は昔馴染みだ。昔からあの殿下にはどれだけ迷惑をかけられたかっ……！」

苦い記憶を思い出したのか、ジャックが苦しそうな表情になる。

（そういう不満は、切実にご本人にぶつけてくださいよ……）

少なくとも、セイディはそう思う。

「大体、今回のことだって陛下に頼まれなければ、俺は断固拒否でしたよ。何がどうしてあの団長の公務についていくんですか？」

「立場的に断れないものとはいえ、俺もそれには同意だ」

（だったら、協力すればいいのでは……？）

二人が同じ気持ちである以上、協力してミリウスの面倒を見ればいいのではないだろうか。

心の中でセイディはそう思うが、決して口には出さない。現実逃避とばかりにチーズケーキにフォークを入れ、頬張った。

（あ、美味しい）

なんという美味しさ。このカフェも案外いいかもしれない。今度、リオと一緒に来ようと、心に決める。

「で、セイディはどう思う？」

「はぃっ⁉」

いきなり話を振られ、セイディはチーズケーキを口に入れる寸前で固まった。

しかし、一旦チーズケーキを口に入れ、咀嚼して飲み込む。それから「何が、ですか？」と何でもない風に問いかけた。

「だから、俺かアシェルか。どっちが殿下の面倒を見るかということだ」

「……いやぁ、それ、私に聞きます……？」

間違いなく、ここにいる三人の中で一番場違いなのはセイディである。その場違いな人間に聞いたところで、頓珍漢な答えしか返ってこないだろうに。

「あぁ、ここは第三者の意見が大切だ」

「第三者というか、もう蚊帳《かや》の外にしてほしいです……」

正直なところ、今すぐにでも代金を払って逃げ出したい。

何がと問われれば、美貌の男性二人に囲まれていることが辛いのだ。

「というわけで、私は帰らせて――」

「ダメだな」

立ち上がろうとすれば、がっちりとアシェルに肩を掴まれてしまった。その結果、ソファーに戻されてしまった。

「ほら、これやるから。……もう少し、付き合え」

ジャックがそう言ってフォークを差し出してくる。そこにあるのは、このカフェで先着十名限定だというイチゴのタルトの一口分……。

「え、じゃあ、もうちょっといますね」

セイディとアシェルがここに来た頃にはすでに売り切れており、セイディが項垂れたのは記憶に新しい。

なので、セイディはイチゴのタルトに負けた。フォークを受け取り、口に運ぶ。甘酸っぱくて、大層美味しい。

「……こんなことを言っては何だが、お前、いつか誘拐されるぞ」

セイディの様子を見て、ジャックが小言を零してきた。けれど、セイディからすればそれは不本意な言葉である。

「大丈夫ですよ。ジャック様だから、受け取っただけです」

胸を張ってそう言えば、ジャックが狼狽《うろた》えたのがわかった。

（少なくとも、ジャック様はイチゴのタルト一口分で何か対価を求めるような方じゃないものね）

現在対価としてここに置かれているのは、気が付かないふりだ。

「で、どっちが団長の面倒を見るか、なんだがな……」

アシェルが真剣な声音でまた話題を戻す。そのため、セイディはメニュー表に手を伸ばした。

（ここにいるだけでいいのならば、もう少し食べようっと）

幸いにも、昨日給金をもらったばかりだ。自腹ならばどれだけ食べても怒られないだろう。

「あっ、このラズベリーのケーキをお願いします」

近くを通りかかった店員にそう声をかけ、セイディはメニュー表を閉じた。……視線を感じる。

「お前、どれだけ食う気だ……？」

ジャックが頬を引きつらせてそう言ってくる。……これくらい、普通だろうに。

「ジャック様。セイディにとってはこれが普通ですよ。一々《いちいち》驚いていたら、身が持ちませんから」

しかし、アシェルもアシェルで失礼な言い草だ。そう思うと、自然と頬を膨らませてしまう。

「アシェル様、女性にそれは失礼です」

「あぁ、悪かったな、悪かった」

完全に妹扱いである。まぁ、悪い気はしないので別に構わないのだが。

「じゃあ、これも食うか？」

そう言って、アシェルが自身の手元にあった皿をセイディの方に押してくる。載っているのは美味しそうなブルーベリーのタルト……。

「私、そこまで食い意地張ってなくて……」

「食べたいって目が訴えているんだけれどな」

「……うぅ、じゃあ、いただきます」

そこまで言われたら、このブルーベリーのタルトが可哀想だ。そうだ。これは、人助け……ならぬ、タルトを助けているのだ。意味がわからない。

「今日は、好きなだけ食べていいぞ。どうせ金は全部ジャック様が出してくれる」

「……え、そうなのですか？」

「お前の分は出してやる。だが、アシェルは自分で出せ。もしも殿下の面倒を引き受けてくれるんだったら、アシェルの分も全額出す」

「……うわぁ」

ついには金銭での交渉まで始まったな。

何処か他人事のように思いつつ、セイディはタルトを頬張っていた。

（っていうか、別にミリウス様の面倒くらい、お仕事の一環だと思えば出来るのでは……？）

ふと、心の中でそう思ってしまった。仕事だと思わないから出来ないだけであって、仕事だと思えば出来るのでは……。

「あの、お仕事だと思えば、ミリウス様の面倒も見ることが出来るのでは？」

口の中にあったタルトを咀嚼し、飲み込んでからそう言ってみる。すると、二人はセイディに視線を向けてきた。

その後、頷き合う。

「わかった。じゃあ、セイディに面倒を見てもらう」

「……え？」

「そうだな。俺らも出来るところはフォローするが、捕まえておくのはセイディの仕事だ」

「い、いや、私は……一緒には」

そもそも、自分は一緒に行くつもりじゃない。……ミリウスの公務ということなので、セイディが行けるわけもないのだ。

「別にいいだろ。世話役としてメイドやら従者やらを連れて行くといっても、問題はない」

「え、えぇ……」

「自分の発言には、責任を持てよ」

どうしてこういうときだけ結託するのだ。本気で意味がわからない。

「じゃあ、決まりですね」

「あぁ」

「いや、私まだ了承して――」

「今後、公務に行くまで俺とジャック様で週に二回、何でもおごってやる。それで手を打とう」

「え」

何でもということは、どれだけ食べても問題ないということ……。

「……魅力的」

ボソッとそんな言葉が零れてしまった。

「……こんなことを言うのは何だが、こいつは本当にいつか誘拐されるぞ」

「俺も、そう思っていましたよ」

なんだか二人が失礼な会話をしているが、そこは無視である。

こうして、何故かセイディはミリウスの公務についていく羽目に陥った。

それに合わせ――エイラから受け取った実母の手紙により、セイディはヴェリテ公国行きを、決めたのだ。

あとがき

お久しぶりです。華宮です。今回も『たくまし令嬢はへこたれない！（毎度のことながら以下略）』をお手に取っていただき、誠にありがとうございます。

今回も少しでもお楽しみいただければ幸いです。


さて、今回の第四巻で『たくまし令嬢はへこたれない！』の第一部が終わりました。長かったですね。私もそう思います。

もしも、第五巻があるとすれば、次回からは第二部ヴェリテ公国編になります。前巻から登場しているクリストバルと彼のゆかいな仲間たちがたくさん出てきます。


何度も語っていますが、私はこの作品が商業化することはないだろうと思っておりました。それが、幸運にも書籍化していただき、コミカライズしていただき、重版していただき、こうやって第四巻まで出させていただきました。本当に奇跡みたいな出来事だと思います。

私は基本的にネガティブ思考なので、物事を悪い方へと考える癖があります。当初は二巻まで出せればいいだろうと思っていたのに、気がついたら第四巻です。びっくりです。

そんなこんなで、無事第一部を終わらせることが出来ました。もう悔いはありませんと言えばうそになりますが、ちょっとだけ肩の荷は下りたかなと思います。ここまでの続刊が目標ではあったので……。

この時点でもうすでに書くことがありませんので、宣伝でも。
今年の五月に当作品のコミックス版の第一巻が発売しました！　本当に美麗なコミカライズですので、どうぞお手に取っていただけると私が勝手に喜びます。はい。

最後になりましたが、今回の原稿中はいろいろありまして、多方面にご迷惑をおかけしました。いつも「これでいいのか……？」と不安にさいなまれながら執筆している私なので、いろいろと面倒な人間だと思います。

多方面に支えていただきこうやって『たくまし令嬢』を書けているんだなぁと個人的に実感した第四巻でした。本当にありがとうございます。

では、どうぞまた次巻でお会いできますように。

コミックス第3話試し読み

漫画：高橋みらい

原作：華宮ルキ

キャラクター原案：春が野かおる

現国王の10歳年下の弟で5年ほど前からあまり王族の行事に顔を出さなくなったはず…
午前中に訓練ができなくなる
ドラゴンの生態を知っておけば万が一ドラゴンを狩ることになっても便利だ
ついでに言えばお前の説教は長いから勘弁しろ
そういうもっともな理由を付けられると反論し難くなる…！
チラッ
第3話
ギンッ
…
！
オーラにしろ雰囲気にしろドラゴンをひとりで狩ってきたという真実にしろ…
身分以外は得体のしれない方ね…
はじめまして王弟殿下
私はメイド希望のセイディというものです

新しいメイド希望者が来るっていうことは知っていたが……
いつ来るかは聞いてなかったな
男所帯の中に女がいるから普通にびっくりしたぞ
……
……セイディか
ピリッ
俺はミリウス
ミリウス・リア この国の国王の弟で騎士団長だ

ドロッ
ドラゴンの返り血…
洗濯が…
うわ…
……
セイディは俺のことが怖くないのか？
……怖くありません
聖女として働いていた時に血は見慣れている
自身の異母妹であるレイラのほうがずっと得体が知れないし…
怖かった

そう
じゃあ まぁいい これからよろしく セイディ
……よろしく お願いいたします
あー
はぁ
散った散った!! 明日に備えろ!!
解散解散!
ヴェー
はぁー
はぁ…
では私も 失礼いたします
……あぁぁ セイディ
残業確定
訓練予定も 見直しだ…
おやすみなさい～

明日から
よろしく
お願いいたします
ペコッ
どんな人かと
思ったけど
王弟殿下って
結構普通の
お方だったわね
翌朝

ぐっ
ん……
すっ
カチャッ
ふう…
ガチャ…
さて まずは朝食作りからね
食堂
あら おはよう セイディ
……リオ様 おはようございます

別に様付けなんて
しなくてもいいわよ
ぶんぶんっ
HA HA HA
あワタシが
慣れるまで
手伝うわね
わ…わかりました
とりあえず
朝食は6時半から
だからさっさと
作っちゃいましょう
どこに何があるか
説明するわね
あれがあそこで〜
すちゃっ!!
はい
ありがとう
ございます
メモメモ
セイディって
手慣れているわね
パチパチ
ジュー
パチパチ
そうですか?

実家での家事雑用は
私の仕事……みたいな
ものでしたし
料理も度々
やっていましたから
てきぱき
ぱかッ
家 貧乏だったので……
まぁ そうなのね
ワタシの家も
貧乏だけれど
……料理はメイドの
仕事だったわ
リオ様……も
貧乏だったの
ですね
そうよ
そもそも貴族でも
男爵家なんて
そんなもの
あと 呼び方は
呼び捨て……
はまだ難しいかしら
さん付けでいいわ
ワタシ アナタの世話役だし
1番一緒に
いるだろうから
……はい

やっぱり慣れている子が作ったもののほうがずっと美味しそうよね
じゃあ配膳しましょうか
カチ
カチ
シンプルなものですけれど……
じゃーーん
わかりました
おお〜
ここに来て1番美味しそうな朝食だわ
男たちが作ると焦げまくりだし適当だし
火さえとおしておけばいいみたいな感じで美味しくなかったのよね
あと見た目がすこぶる悪い
ぅ……
……そうなのですか
CORONA EX
続きはコロナEXにてお楽しみください
TObooks

たくまし令嬢はへこたれない！4
～妹に聖女の座を奪われたけど、
騎士団でメイドとして働いています～

2023年8月1日　第1刷発行

著　者　華宮ルキ

発行者　本田武市

発行所　TOブックス
〒150-0002
東京都渋谷区渋谷三丁目1番1号　PMO渋谷Ⅱ　11階
TEL 0120-933-772（営業フリーダイヤル）
FAX 050-3156-0508

印刷・製本　中央精版印刷株式会社

ISBN978-4-86699-892-3